JUDITH JANSSEN

DAS VERSTECK IM UHRMACHERHAUS

Aus dem Niederländischen
von Martina Merckel-Braun

neukirchener

camino.

FSC
www.fsc.org
MIX
Papier aus verantwortungsvollen Quellen
FSC® C014138

Bibliografische Information der Deutschen Nationalbibliothek:
Die Deutsche Nationalbibliothek verzeichnet diese Publikation in der Deutschen Nationalbibliografie; detaillierte bibliografische Daten sind im Internet über http://dnb.d-nb.de abrufbar.

3. Auflage 2020

Umschlaggestaltung: Grafikbüro Sonnhüter, www.sonnhueter.com, unter Verwendung von Bildern von © Daniela Barreto, bioraven, donatas1205, mike mols (shutterstock.com)
Lektorat: Ulrike Rauhut, Neukirchen-Vluyn
DTP: Breklumer-Print-Service, www.breklumer-print-service.com
Verwendete Schrift: Adobe Garamond Pro, Pinto
Gesamtherstellung: FINIDR, s.r.o.
Printed in Czech Republic
ISBN 978-3-7615-6708-1 (neukirchener verlag)
ISBN 978-3-7615-6709-8 (Hörbuch)
ISBN 978-3-96157-133-8 (camino)
www.neukirchener-verlage.de/hoerbuchuhrmacherhaus

www.neukirchener-verlage.de
www.caminobuch.de

JUDITH JANSSEN

DAS VERSTECK IM UHRMACHERHAUS

INHALT

Diese Geschichte handelt von Henk. Sie hätte in der Zeit des Zweiten Weltkriegs in der Stadt Haarlem in den Niederlanden so oder so ähnlich passieren können.

Aber dieses Buch handelt auch von Familie ten Boom: von Corrie, Betsie und ihrem Vater. Sie haben wirklich gelebt, und was ich in diesem Buch über sie geschrieben habe, beruht auf Tatsachen. Danke, Beppie, für deine Inspiration.

Judith Janssen

ERSTER TEIL

KAPITEL 1

DAS FLUGBLATT

Das Wasser war eiskalt. Einen Augenblick lang fühlte es sich an, als würde er sich nackt im Schnee wälzen. So, als würde seine Haut von kleinen Messern geritzt. Aber nach ein paar Kraulschlägen war die Kälte gewichen, und das Blut floss warm durch seinen Körper. Alle Muskeln waren angespannt. Es war ein herrliches Gefühl, die Arme mit kräftigen, rhythmischen Schlägen durchs Wasser zu ziehen und im Takt dazu locker mit den Füßen zu paddeln. Kurz den Kopf zur Seite zu drehen, Luft zu holen und dann mit geschlossenen Augen weiterzuschwimmen.

Die Welt um ihn herum existierte nicht mehr, er war allein mit dem Wasser. Keine Gedanken, keine Sorgen – einfach nur schwimmen, während das sprudelnde Wasser ihn wie eine schützende Hülle umgab. Hier konnte ihm nichts passieren, die Zeit stand still. Keine Träume, keine Albträume. Nur schwimmen: eins, zwei, drei, vier, Luft, eins, zwei, drei, vier, Luft.

Ein plötzlicher Aufschrei, gefolgt von einem enormen Plumps und einer hohen Welle, riss ihn aus seiner Konzentration.

Henk hob den Kopf und blinzelte durch seine nassen Wimpern hindurch übers Wasser. Na so was – Gerrit!

Ihm kam der Gedanke, schnell auf den Boden des Beckens hinabzutauchen, aber es war schon zu spät.

„Henk!", ertönte es direkt neben ihm. Er drehte sich auf den Rücken und ließ sich treiben, den Blick an die Decke gerichtet.

„Bist du auch schwimmen gegangen?", fragte Gerrit fröhlich.

„Ja, das siehst du doch, oder?"

„Schwimmen wir um die Wette?"

Henk drehte sich um und sah seinen Klassenkameraden an. Er schnaubte kurz. „Willst du das wirklich?"

„Klar, macht doch Spaß!" Gerrits Kopf bewegte sich auf und ab, während er auf der Stelle strampelte.

„Na, ich frage ja nur – meiner Ansicht nach bist du kein guter Verlierer."

Gerrit blinzelte. „Hochmut kommt vor dem Fall, das weißt du doch! Wie viele Bahnen?"

„Fangen wir mal mit zwei Bahnen an", sagte Henk, der schon dabei war, zum Rand zu schwimmen. Jaap, sein Freund aus der Nachbarschaft, mit dem er sich verabredet hatte, war sowieso noch nicht da. „Vom Startblock aus".

Er zog sich vorsichtig aus dem Wasser und prüfte dabei, ob seine Badehose noch gut saß. Sie war schon ziemlich alt, aber er hatte keine andere, und seine Mutter meinte, dass es nirgends mehr Gummiband zu kaufen gab. Er musste sich bis auf Weiteres mit ihr begnügen.

Die Jungen kletterten auf zwei benachbarte Startblöcke und schauten einander herausfordernd an.

„Also, ich zähle“, sagte Henk. „Drei, zwei, eins … los!“

Kopfüber schossen sie ins Wasser.

Henk konnte da weitermachen, wo er aufgehört hatte, als Gerrit ihn unterbrochen hatte. Aber jetzt hatte er ein Ziel, eine Herausforderung: Er wollte seinen Gegner besiegen. Mit dem würde er leicht fertig werden. Mit aller Kraft, die er besaß, schoss er durchs Wasser, wendete, so schnell er konnte, und war in null Komma nichts wieder am Startblock.

Keuchend tauchte er auf, um nach Gerrit Ausschau zu halten.

„Na, du bist ja ganz schön schnell“, sagte jemand über ihm.

„Was?“ Überrascht sah er auf. „Wie in aller Welt …?“ Er hielt inne und atmete erleichtert aus.

Es war Jaap, nicht Gerrit.

„Ja, Gerrit und ich sind um die Wette geschwommen, und ich glaube, ich hab’ gewonnen.“

Jaap grinste und nickte. „War ja auch kein ebenbürtiger Gegner.“

Mit viel Spritzen und Keuchen schlug Gerrit in diesem Moment am Beckenrand an. „Das ist … unfair, du konntest ja auch … viel länger … üben.“

Henk wollte gerade den Mund aufmachen, um zu antworten, dass er ihn schließlich gewarnt hätte, aber er verzichtete darauf, als er den Blick in Jaaps Augen sah. Es war wirklich beschämend, wenn man solch ein schlechter Verlierer war – am besten reagierte er überhaupt nicht darauf.

„Komm, wir machen Arschbomben!“ Jaap streckte die Hand aus und zog Henk mit einem Ruck aus dem Wasser.

„Warte!“, rief Henk. Er schaffte es gerade noch, mit der anderen Hand seine Badehose festzuhalten.

Jaap zog mit dem Kamm einen akkuraten Scheitel in sein nasses, dunkelblondes Haar und brachte es mit ein paar Kammstrichen in Form. Henk beobachtete ihn aus dem Augenwinkel, während er seine Jacke zuknöpfte. Ja, vielleicht würde er sich auch solch eine Frisur zulegen – im Nacken ein bisschen kürzer und den Scheitel etwas mehr auf der Seite. In dem grellen Licht neben dem Spiegel sah er, dass Jaap schon ein paar Haare auf der Oberlippe hatte. Das würde bei ihm noch ein bisschen dauern, aber Jaap war ja auch über zwei Jahre älter als er. In zwei Jahren würde er selbst auch schon erwachsener aussehen und bestimmt auch größer sein als jetzt, auch wenn er Letzteres nicht mit Bestimmtheit sagen konnte. Sein Vater war nicht besonders groß und seine Mutter wirklich klein. Hoffentlich kam er mehr nach seinem Vater. Aber so groß wie Jaap würde er wahrscheinlich nicht werden.

Gerrit schlurfte heran. „Mensch, hab' ich einen Hunger, Leute.“ Er begann in seiner Tasche herumzukramen und zog ein mit Papier umwickeltes Päckchen heraus.

„Ein richtiges Butterbrot mit Käse? Wo hast du das denn her?“ Henk spürte, wie ihm das Wasser im Mund zusammenlief, während er unwillkürlich den Kopf zu dem Käsebrot hindrehte. Er konnte gar nichts dagegen tun – solch ein schönes, dickes Butterbrot hatte er ewig nicht mehr gesehen oder gerochen.

Gerrit setzte ein schiefes Grinsen auf. „Ähm ... na ja, meine Mutter kennt halt Leute, die ...“ Er beendete seinen Satz nicht.

Henk blickte zu Jaap, aber der war eifrig damit beschäftigt, seine Hosentaschen zu durchsuchen.

Gerrit brach ein Stück von seinem Butterbrot ab und reichte es Henk. „Willst du was abhaben?“

Henk dachte an das trockene, graue Brot, dass er zu Hause bekommen würde, und hielt die Hand auf. Das war viel besser als das Brot, das sie von der Regierung zugeteilt bekamen, und er wollte jetzt gar nicht wissen, wo Gerrits Mutter das herbekommen hatte. Er wollte es jetzt einfach nur genießen und den Geschmack von früher spüren. Er setzte sich auf die harte Holzbank der Eingangshalle und grub die Zähne in die dicke Scheibe.

„Hmmm“, murmelte er, „da ist ja sogar richtige Butter drauf!“

Gerrit sah sie stolz an, während er Jaap auch ein Stück Brot anbot.

„Nein, danke. He, Jungs, ich muss eben noch mal in die Umkleidekabine, ich hab’ was verloren.“ Jaap machte auf dem Absatz kehrt, während Gerrit und Henk ihm verwundert nachsahen.

„Was hat er denn?“, fragte Gerrit.

Ja, das fragte Henk sich auch. „Vielleicht hat er seine Badehose vergessen?“ Er nahm noch einen Bissen von dem weichen, frischen Brot und beobachtete dabei den Gang, in den Jaap verschwunden war.

Henk fiel ein kleines Stück Brot herunter, und er bückte sich, um es aufzuheben. Er wollte sich kein Krümelchen von diesem Leckerbissen entgehen lassen. In diesem Augenblick sah er etwas Weißes auf dem Boden liegen. Ein Stück Papier, das zu einem kleinen Viereck zusammengefaltet war. Es ragte ein Stückchen unter einer Tasche hervor, die auf dem Boden stand. Jaaps Tasche.

Henk sah zu Gerrit hinüber. Hatte er es auch gesehen?

Nein, Gerrit stand mit seinem Butterbrot vor der Tür und blickte nach draußen.

Mit schnellem Griff packte Henk das Papier und das Brotstückchen und kaute weiter.

„Gehen wir?“ Plötzlich stand Gerrit wieder direkt vor ihm.

Henk erschrak. „Nein, ich warte auf Jaap, wir gehen dann zusammen nach Hause.“

„Du kannst doch auch mit mir gehen. Wir müssen in dieselbe Richtung.“

Henk umklammerte krampfhaft das Zettelchen.

„Ich will auf jeden Fall auf Jaap warten. Ich haue jetzt nicht einfach ab.“ Er stand auf. „Vielleicht sollten wir ihm suchen helfen.“

Gerrit zuckte die Schultern. „Kannst du ja machen, wenn du willst.“

Gute Idee, schoss es Henk durch den Kopf. Schnell bog er in den Gang ein und lief über die nassen, grau-weißen Fliesen zur Umkleidekabine.

Als er sicher war, dass Gerrit ihn nicht mehr sehen konnte, blieb er stehen. Vorsichtshalber schaute er sich noch einmal um. Es war niemand zu sehen, die anderen Badegäste waren schon weg. Mit diesem Zettel stimmte irgendetwas nicht, das war klar. Er brannte förmlich in seiner Hand.

Er faltete das Papier vorsichtig in seiner Handfläche auseinander. Sein Hals und seine Wangen wurden heiß. Er hatte es sich doch gedacht – ein illegales Flugblatt! Eine schwarzweiße Spottschrift mit einem verrückten Bild von Hitler. Er drehte das Blatt herum und sah, dass in einer Ecke eine Nummer stand: 53, mit Bleistift geschrieben und unordentlich eingekreist. Weiter konnte er nichts Auffälliges entdecken, aber er wagte auch nicht länger hinzuschauen. Sein Herz klopfte so heftig, dass es jeder hören musste, der an ihm vorüberging.

Schnelle Schritte näherten sich auf den harten Fliesen.

Er stopfte sich den Zettel in die Hosentasche, und im nächsten Moment stand ein Bademeister vor ihm, der ihn mit strengem Blick musterte.

„Was suchst du hier, junger Mann?“ Seine tiefe Stimme hallte durch den leeren Gang. Henk zitterte, aber er lächelte ihn freundlich an. „Eine Stecknadel im Heuhaufen!“

Obwohl er spürte, wie ihm der Schweiß über den Rücken lief, war er ein bisschen stolz auf seine schlagfertige Antwort. Schließlich hatten sie sich heute Morgen im Unterricht mit

Sprichwörtern und Redewendungen beschäftigt. Am Montag würde er sich bei Herrn van Soest dafür bedanken.

Der Bademeister runzelte die Stirn und kniff gleich darauf missbilligend die Augen zusammen. „Raus mit dir, du frecher Schlingel, wir machen zu."

Henk war es nur allzu recht, diesem Mann zu entkommen, aber wo war Jaap? Er konnte doch nicht ohne seinen Freund gehen. Er musste das Risiko eingehen. Während er sich langsam umdrehte, fragte er so lässig wie möglich: „Sie haben nicht zufällig meinen Freund Jaap gesehen? Eigentlich suche ich nämlich ihn."

„Hau ab! Hier drin ist niemand mehr!"

Als Henk und Gerrit sich auf den Heimweg machten, begann es schon zu dämmern, und es war kaum jemand auf der Straße. Der Himmel war grau und wolkenverhangen. Hier und da waren Leute damit beschäftigt, die schwarze Verdunkelung vor den Fenstern anzubringen. Sie musste absolut dicht sein – es durfte kein Lichtstrahl nach außen dringen. Wenn die Fenster nicht ordnungsgemäß verdunkelt waren, konnte man eine schwere Geldstrafe bekommen, vielleicht sogar Schlimmeres. Aber wie gefährlich war es, eine Spottschrift in der Tasche zu haben, fragte sich Henk. Wo hatte Jaap die bloß her?

Gerrit ging ein paar Schritte vor ihm und redete über irgendetwas, aber Henk hörte ihm nicht zu. Er musste die ganze Zeit an das Flugblatt denken und an Jaap, der aufgeregt seine Sachen durchsucht hatte und dann plötzlich weggelaufen war. Wohin war er denn nur verschwunden, und was konnte die Zahl 53 bedeuten? Diese Fragen ließen ihn nicht los.

„Sollen wir nicht auf Jaap warten?", hatte er gefragt, als er mit Gerrit draußen vorm Schwimmbad stand. Er blinzelte an dem Schild „Für Juden verboten" vorbei durchs Fenster, um zu sehen, ob noch jemand im Gebäude war, aber er sah nur den Bademeister herumlaufen, der gerade dabei war, eine Lampe nach der anderen auszuknipsen.

„Der ist doch bestimmt längst weg", antwortete Gerrit und zog sich die Mütze über die nassen Haare. „Komm, wir müssen los, es ist gleich Sperrstunde."

Henk sah auf die Uhr. Gerrit übertrieb. Sie hatten noch jede Menge Zeit. Aber vielleicht war es besser, nicht noch mehr Aufmerksamkeit auf Jaaps merkwürdiges Benehmen zu lenken. Außerdem hatte er seiner Schwester Liese versprochen, so schnell wie möglich nach Hause zu kommen, damit sie noch ein bisschen miteinander spielen konnten.

Er konnte ja gleich noch mal bei Jaap vorbeigehen. Vielleicht war er einfach nach Hause gegangen, und dann konnte Henk ihm zeigen, was er in der Eingangshalle des Schwimmbads gefunden hatte. Es war offensichtlich, dass Jaap dieses Flugblatt gesucht hatte. Das war bestimmt nichts, was man einfach so herumliegen ließ!

„Na, dann sehen wir uns am Montag in der Schule." Gerrit ging jetzt neben ihm und sah ihn erwartungsvoll an. „Sollen wir nächste Woche wieder zusammen schwimmen gehen? Aber lieber ohne Jaap, das find' ich besser."

Es dauerte einen Moment, bis Henk begriff, was Gerrit gesagt hatte. „Wieder zusammen schwimmen gehen?“, wiederholte er.

Sie blieben vor Gerrits Haus stehen. „Aber ich hatte mich heute auch schon mit Jaap verabredet. Darum …“

„Na, dann eben wieder zu dritt. Sofern der Bademeister Jaap nicht geschnappt und in den Zug gesetzt hat.“

Gerrit lachte, aber er hörte sofort auf, als Henk ihn ansah.

„Ich meine …“

Henk wollte den Rest nicht mehr hören und sah zu, dass er wegkam. „Ekelhaft“, murmelte er. Mit dem Kerl stimmte irgendwas nicht.

Sein Magen begann zu knurren, und er legte einen Schritt zu. Vielleicht ging er doch lieber direkt nach Hause. Aber nicht nur, weil er Hunger hatte. Auch Jaaps komisches Verhalten machte ihm zu schaffen. Was war nur passiert, und wo war sein Freund jetzt? Sollte er doch noch mal zurückgehen zum Schwimmbad? Hinter ihm klapperte ein Fahrrad heran, eins, das keine Schläuche mehr hatte, wie das von Henk. Das Geklapper machte einen ziemlichen Lärm in der ruhigen Straße. Henk blickte sich um, und ehe er sich versah, sauste der Radfahrer in voller Fahrt an ihm vorbei.

„Hey, Henk, schönen Abend noch! Und grüß Liese von mir.“

„Was?“, rief Henk. Das konnte doch nicht wahr sein – das war Jaap!

„Hey!“ Etwas Sinnvolleres brachte er nicht heraus. Er sah gerade noch, wie Jaap sich kurz umdrehte, bevor er in ihre

Straße einbog, und die Hand hob. Er war aus dem Nichts aufgetaucht und ebenso schnell verschwunden, wie er gekommen war.

Henk warf die Arme hoch. „Ich glaub', ich spinne!"

KAPITEL 2

EINFACH LIESE

Kommst du zum Essen, Henk?", hörte Henk seine Mutter von der Treppe her rufen, und er sprang erschrocken von seinem Bett herunter. Schnell das Flugblatt verstecken, bevor sie in dem Zimmer stand, das er mit Liese teilte. Er hatte sie schon oft gebeten zu klopfen, bevor sie hereinkam, aber das machte sie immer noch nicht.

Auch jetzt trat sie einfach ein. „Sind die Fenster gut verdunkelt?"

„Würdest du bitte klopfen, ehe du reinkommst, Mutter?" Während seine Mutter zum Fenster ging, um die Verdunklung zu überprüfen, schob Henk mit dem Oberschenkel seine Nachttischschublade zu. Das war kein gutes Versteck, aber im Moment ging es. Er würde es Jaap sowieso zurückgeben.

„Wieso soll ich denn klopfen, es ist doch auch Lieses Zimmer! Kommst du runter? Ich hab' Bohnensuppe gekocht, und Liese ist müde."

Mutter seufzte und Henk sah in ihr blasses Gesichts. Seit Vater weg war, hatte sie eine tiefe Falte zwischen den Augen.

„Danke, dass ich heute mal wieder schwimmen gehen durfte, Mutter."

Sie nickte und fuhr ihm mit der Hand durchs Haar. „Dann brauchst du heute Abend auch nicht mehr zu baden, ist doch praktisch. Komm."

In dem kleinen Wohnzimmer war es warm und gemütlich. Liese saß in dem großen Sessel am Ofen und hielt ihre Puppe an sich gedrückt. Ihre Wangen waren gerötet, und ihre Augen glänzten fiebrig. Er sah seine Mutter fragend an. War Liese krank?

Obwohl seine Schwester fast elf war, nur ein Jahr jünger als er selbst, war sie noch wie ein kleines Kind. So würde sie auch immer bleiben.

Henk erinnerte sich noch genau an den Tag, an dem ihm klar wurde, dass seine Schwester nicht so war wie andere Mädchen. Er war sieben und hatte mit Liese draußen gespielt. Eine Mutter mit zwei Kindern war vorbeigekommen, und den Kindern waren beinah die Augen aus dem Kopf getreten, als sie Liese anstarrten.

„Was glotzt ihr denn so?", hatte Henk gerufen.

Die Mutter hatte ihre Töchter an den Händen gepackt. „Kommt, das Kind ist nicht in Ordnung, sie kann nichts dafür."

„Nicht in Ordnung? Du bist selber nicht in Ordnung!" Henk war auf die Frau zugelaufen und hatte ihr frech die Zunge herausgestreckt. Eines der Mädchen sah ihn mit zusammengekniffenen Augen an und schoss wie ein Blitz nach vorn. Sie stieß ihn mit aller Kraft an die Schulter, und er fiel zu Boden. Aber die Wut, die in ihm aufflammte, sorgte dafür, dass er keinen Schmerz spürte. Er sprang wieder auf, aber sein Knöchel knickte um.

In diesem Moment spürte er etwas Weiches an seinem Arm. „Heng!" Er hörte eine leise, heisere Stimme neben sich. Es war Liese. Es war Liese!

Verwirrt blickte er in ihr strahlendes Gesicht und hatte die Mutter und ihre Kinder im selben Augenblick vergessen. Es war Liese, und sie sagte seinen Namen! Sie hatte noch nie ein verständliches Wort gesagt, aber das, das war ganz eindeutig sein Name.

„Ja, ich heiße Henk. Gut gemacht, Liese, du kannst meinen Namen sagen!"

Er nahm ihre Hände und wollte herumhüpfen, aber dann spürte er wieder seinen Knöchel.

„Komm, wir gehen schnell zu Mama." Humpelnd zog er sie mit sich nach Hause und fragte sie dabei die ganze Zeit: „Wer bin ich?" Liese antwortete jedes Mal: „Heng", und Henk lachte schallend vor Begeisterung.

„Was ist denn los?", fragte Mutter, als sie herauskam.

„Sie hat meinen Namen gesagt, Mama." Henk blickte zu seiner Mutter hoch, die Liese auf den Arm nahm.

„Heng", murmelte Liese, und damit zauberte sie auch auf Mutters Gesicht ein strahlendes Lächeln.

Kurz darauf saß Liese auf ihrem Stuhl. Sie hatte zwei Finger in den Mund gesteckt und starrte verträumt vor sich hin.

Henk saß mit seiner Mutter am Tisch und versuchte zu berichten, was geschehen war. Aber ihr Gesicht wurde immer trauriger, und darum kam er so schnell wie möglich zum besten Teil der Geschichte.

Dann war es still geblieben.

Er hatte einen Schluck von seiner Milch getrunken und tief Luft geholt.

„Warum hat die Frau das gesagt, Mama?“ Er musste es von ihr hören. Was er eigentlich schon die ganze Zeit gewusst hatte, war erst wirklich wahr, wenn seine Mutter es sagte.

Sie blickte zu Liese hinüber, die nichts zu hören schien und in ihre eigene Welt versunken war. Mutters Stimme klang wie ein leiser Wind, als sie langsam sagte: „Nein, Liese ist nicht so wie andere Kinder. Sie wird immer ein kleines Mädchen bleiben.“

Wie das möglich war, hatte Henk nie begriffen. Wie konnte man immer klein bleiben? Und wieso war das schlimm? Und warum war Liese so? Er begriff nichts von alldem, und dennoch, Liese war immer Liese gewesen. Für ihn war sie eigentlich ganz normal. Nur nicht für andere Leute, für Kinder, denen die Augen aus dem Kopf traten. Das war doch auch nicht normal, oder?

Mutter hatte ein Pflaster auf sein blutendes Knie geklebt und ihn auf die Wange geküsst. Draußen rief Jaap, ob er spielen käme. Mutter nickte lächelnd. „Geh ruhig“, sagte sie.

Liese war einfach seine kleine Schwester, aber manchmal war sie etwas Besonderes, zum Beispiel, wenn sie krank war. Dann lief Mutter unruhig im Zimmer auf und ab. Henk musste sich dann ganz brav und still verhalten, und manchmal musste er zwei Mal am Tag zu Doktor Levi laufen. Widerspruch war zwecklos und hätte nur dazu geführt, dass sein Vater einen Wutausbruch bekam, wenn er von der Arbeit nach Hause kam.

Nun sah Henk zu, wie seine Mutter eine Hand auf Lieses Stirn legte. Was war, wenn sie richtig krank war? Doktor Levi wusste immer sofort, was mit Liese los war und wie er mit ihr umgehen musste.

Aber er wohnte nicht mehr in der Stadt, sein Haus stand leer. Eines Tages war der Arzt verschwunden, niemand wusste, wohin. Henk hoffte, dass er an einem sicheren Ort untergetaucht war. Eigentlich hatte Doktor Levi in den Monaten vor seinem Verschwinden nicht mehr als Arzt arbeiten dürfen, aber wenn Henk bei ihm klingelte, nahm er immer sofort seinen Mantel und die schwarze Arzttasche und kam ohne zu zögern mit.

„Hier ist es auch ziemlich warm, Mutter." Henk blickte zum Ofen hinüber.

„Ja, es liegt wahrscheinlich daran. Komm, lass uns essen."

Gute Idee, fand Henk. Sein Magen verlangte sehnsüchtig nach einem leckeren Teller Bohnensuppe. Oder eigentlich einfach nach etwas zu essen – was auch immer es war.

KAPITEL 3

NACHTWACHE

„Henk!“ Irgendjemand rief aus der Ferne seinen Namen. Dann noch einmal: „Henk!“

Langsam kam er in die Gegenwart zurück. Er kannte diese Stimme. Es war die Stimme von … Herrn van Soest, seinem Lehrer! Blitzschnell schoss Henk hoch. Hatte er wirklich auf seinem Pult gelegen und geschlafen? Ihm wurde plötzlich siedend heiß, und er wusste, dass er die Lachsalve, die seine Klassenkameraden auf ihn losließen, verdient hatte.

Vor seinem Pult erschien ein dunkler Schatten, und Henk wagte nicht aufzublicken. „Tut mir leid, Herr Lehrer“, murmelte er so leise, dass der ihn gerade noch verstand.

„Ist schon in Ordnung. Schließlich ist Montagmorgen, und es war eine unruhige Nacht mit all diesen Flugzeugen. Da konntest du bestimmt nicht richtig schlafen.“ Henk sah auf. Er wusste ja, dass Herr van Soest ein netter Lehrer war, aber er war trotzdem überrascht. Er konnte nur dankbar nicken, obwohl er es selbst besser wusste. Es waren nicht die Flugzeuge, die ihn letzte Nacht um den Schlaf gebracht hatten.

„Schlaf gut, Junge“, hatte Mutter ihm gestern Abend zugeflüstert. „Vielleicht bekommen wir ja morgen Nachricht von Vater.“ Henk hatte geantwortet, dass er das auch hoffe, und hatte sich noch ein bisschen tiefer unter die Decke verkrochen. Es kam ihm vor, als hätte er überhaupt noch nicht geschlafen, als er plötzlich ein Poltern hörte.

„Mutter?“ Er rieb sich die Augen. War sie immer noch da? Im Zimmer war es stockfinster. „Mutter?“ Keine Reaktion, nur Liese stöhnte leise im Schlaf.

Hatte er das Geräusch nur geträumt? Er spitzte die Ohren, schob langsam die Decke zur Seite und kletterte aus dem Bett.

„Klick“, machte es irgendwo. Henk hielt sofort inne.

Wie spät war es, und woher kamen diese Geräusche? Auf dem kalten Boden setzte er einen Fuß vor den anderen und tastete sich zu dem verdunkelten Fenster vor. Einbrecher vielleicht? Aber die müssten dann ziemlich dumm sein, denn hier gab es nichts zu holen. Er zitterte. Es war kalt im Zimmer, und sein Schlafanzug war dünn.

Vorsichtig schob er in einer Fensterecke das schwarze Tuch zur Seite. Er drückte sein Gesicht ans Fenster, um besser sehen zu können. Schwarze Giebel, graue Wolken und ein fahler Mond. Bis jetzt nichts Besonderes.

Er kniff die Augen zusammen. Irgendetwas war los, er hatte das nicht geträumt. „Na bitte!“ Er grinste zufrieden. „Ich wusste doch, dass ich nicht spinne.“

Draußen lief jemand herum, das hatte er genau gehört. Nun sah er eindeutig einen geheimnisvollen Schatten, der anscheinend aus Jaaps Haus gekommen war. Aufmerksam verfolgte Henk die Gestalt und spürte, wie er vor Aufregung zu zittern begann. Nicht zu glauben – es war Jaap selbst! Jetzt begriff er es. Die Treppe und die Eingangstür von Jaaps Haus lagen direkt neben seinem Zimmer. Daher waren die Geräusche gekommen!

Was wollte Jaap denn da machen, mitten in der Nacht? Das war zumindest einmal ziemlich eigenartig. „Was hast du vor, Freundchen?", flüsterte Henk, während sein Nachbarjunge hinter einer Häuserreihe verschwand.

Es wurde höchste Zeit, dass er Jaap wieder einmal unter vier Augen sprach. Vorausgesetzt, dass er ihn zu fassen bekam. Nach dem Schwimmbadbesuch am vergangenen Samstag hatte Henk noch zwei Mal vergeblich bei ihm geklingelt. Seine Mutter hatte jedes Mal behauptet, er wäre gerade weggegangen. Das war an sich nicht so merkwürdig, aber nun wusste er es genau: Jaap führte etwas im Schilde, und möglicherweise hatte es etwas mit dem Widerstand zu tun. Das würde mal wieder zu ihm passen. Aber er würde dahinterkommen, so wahr er Henk Overveen hieß! Diese Nacht würde er wach bleiben, bis sein Nachbarjunge wieder nach Hause kam. Ja, das würde er tun. Und morgen früh würde er bei Jaap vor der Tür stehen und ihm ordentlich einheizen.

Er zog sich einen Sessel ans Fenster und legte zwei Kissen darauf. So konnte er gut sehen. Dann schnappte er sich eine Decke von seinem Bett und kuschelte sich zufrieden in den Sessel. So ließ es sich aushalten. Er legte den Kopf an die kühle Fensterscheibe und starrte unablässig nach draußen. Ab und zu kam der Mond zwischen den Wolken hervor. Aber das war dann auch das Interessanteste, was er beobachten konnte. Es schienen Stunden zu verstreichen, ohne dass das Geringste geschah.

Natürlich schlief er dann doch ein, den Kopf ans Fenster gelehnt. Er schlief, bis in der Ferne Flugzeugmotoren zu hören waren und Liese dadurch erwachte. Sie hatte Angst vor diesem Geräusch, und es schien, als könnte sie die Flugzeuge schon hören, wenn sie eben erst in England aufgestiegen waren. Dann wollte sie zu Henk ins Bett. Zu zweit war es da ziemlich eng, sodass an Schlafen erst einmal nicht zu denken war.

„Heng, bist du?“, hörte er Lieses ängstliches Stimmchen.

Er seufzte und streckte die Hand nach seiner Schwester aus, die neben seinem leeren Bett stand. „Hier, Liese, ich sitze hier am Fenster. Leg dich schon mal in mein Bett und mach dir's gemütlich.“ Es war einen Versuch wert. Liese war so wunderbar einfach. Sie stellte keine lästigen Fragen, und das war jetzt wirklich praktisch. Sie tat, was Henk sagte, und so konnte er weiterhin Wache halten. Es konnte natürlich sein, dass Jaap inzwischen nach Hause gekommen war, aber nach seinem Gefühl war er vorhin nur ganz kurz eingenickt.

„Heng, Liese kalt.“

„Was sagst du?“

„Liese kalt.“ Henk hörte, wie sie mit den Zähnen klapperte, und verstand. Sie hatte keine Decke.

„Hol dir einfach deine eigene Decke von deinem Bett.“ Er wollte jetzt an seinem Platz bleiben, Liese kam schon zurecht.

Sie brabbelte irgendetwas vor sich hin. Draußen flogen die ersten Flugzeuge mit Kurs auf Deutschland vorbei, und die grellen Scheinwerfer flackerten durch die dunkle Nacht. Liese jammerte.

„Es passiert schon nichts, Kleines", versuchte Henk seine Schwester zu beruhigen, aber nun begann sie doch richtig zu weinen.

Henk blickte noch einmal auf die Straße hinaus. Nichts. Er seufzte. „Na gut, Liese, dann leg dich halt ohne Decke in mein Bett. Ich komme gleich nach." Im Stillen hoffte er, dass sie einfach einschlafen würde, auch wenn die Chancen dafür ziemlich schlecht standen.

„Heng, Hilfe!" Henk hörte ihrer Stimme an, dass es nicht mehr lange dauern würde, bis sie völlig aus der Fassung war. Mutter würde darüber nicht gerade erfreut sein. Und er selbst natürlich auch nicht.

Er sprang auf. „Na, komm schon her." Er schnappte sich die Decke von Lieses Bett und schubste sein Schwesterchen mitsamt der Decke auf sein Bett. In diesem Moment ertönte wieder das Geräusch einer Tür, die zugezogen wurde.

Zu spät! Als er das schwarze Tuch noch einmal zur Seite schob, war nichts mehr zu sehen. Die Straße sah genauso verlassen aus wie vor einer Minute.

„Nicht zu glauben", schimpfte Henk leise. Nun hatte er die ganze Nacht dort gesessen, ohne dass irgendetwas passiert war, und gerade in dem Augenblick, als er kurz weg war, kam Jaap zurück. Nun ja, es konnte auch jemand anders gewesen sein – aber das schien ihm doch ziemlich unwahrscheinlich. Es war natürlich möglich, dass Jaap jemanden mitgebracht hatte. Oder dass eine ganze Gruppe von Leuten ins Nachbarhaus gekommen war, oder ... Nun ja, so schnell fiel ihm nichts anderes ein, aber was auch immer passiert war: Er hatte es verpasst.

„Heng, komm!“ Liese schlief immer noch nicht.

Er holte tief Luft. „Ja, ich komme.“ Das Verdunklungstuch befestigte er jetzt nicht noch einmal neu, darum konnte er sich morgen kümmern.

Durchs Fenster fiel ein Lichtstrahl ins Zimmer. Henk sah auf den Wecker. Halb drei. Lieses Atem wurde langsam ruhiger. Noch ein paar Stunden, dann würde er bei Jaap vor der Tür stehen. So früh wie möglich!

„So, Kinder, die Stunde ist fast herum“, sagte der Lehrer. „Wir singen zum Abschluss noch ein Lied, und dann sehen wir uns morgen wieder.“

Der Lehrer legte einen Finger an die Lippen, und alle wussten, was sie singen würden: die englische Nationalhymne. Nun, da regelmäßig Gerüchte über die bevorstehende Invasion die Runde machten, konnten sie ja schon mal damit anfangen, die Nationalhymne der Befreier zu üben, meinte Herr van Soest. „Dann können wir sie damit begrüßen, wenn sie demnächst durch Haarlem fahren“, hatte er gesagt.

Henk sah sich vorsichtig um. Das war vielleicht nicht so klug von seinem Lehrer. Was, wenn es unter den Kindern einen Verräter gab, der das weitererzählte? Mutter sagte immer wieder, dass man heutzutage niemandem mehr vertrauen konnte. Aber er sah nur strahlende Gesichter, als sie gemeinsam *„God save our gracious king“* anstimmten.

Gott behüte unseren gnädigen König. Natürlich ging es um den englischen König, aber alle dachten jetzt auch an ihre eigene Königin, die in England im Exil war. Und nicht zu vergessen: die Prinzessinnen, die weit weg in Kanada waren.

Es war schön, solch ein Lied zu singen, selbst wenn es nur leise war. Henk versuchte, sich vorzustellen, dass ein Tag kommen würde, an dem Königin Wilhelmina wieder zurückkam und alles wieder so war wie früher. Aber es gelang ihm kaum. Es war schon so lange Krieg, dass er sich kaum noch daran erinnern konnte, wie es davor gewesen war. Auf jeden Fall würde Vater dann wieder da sein, und schon das würde alles besser machen.

Der Lehrer beendete den Morgen mit einem Gebet, dessen Inhalt jedoch an Henk vorbeirauschte. Seine Gedanken waren wieder bei den geheimnisvollen Geschehnissen der vergangenen Nacht. Er hatte es heute Morgen nicht geschafft, zu Jaap zu gehen, denn er hatte verschlafen. Das ärgerte ihn – aber vielleicht sah er ihn heute Nachmittag …

Während er aus dem Klassenraum ging, warf er noch einen Blick auf die Tafel. Oh je, das hatte er auch verpasst, als er eingenickt war: Sie hatten Rechenaufgaben, und zwar ganz schön viele. Er musste auch noch Kohlen holen und mit Liese spazieren gehen. Sonst kam sie zu wenig an die frische Luft, und das war ungesund, meinte seine Mutter. Er hatte gedacht, dass er jetzt mehr Zeit haben würde, weil er nur noch morgens zur Schule musste. Aber das stimmte leider nicht. Mutter hatte immer noch irgendwelche Extra-Aufträge für ihn. Und sie waren meist nicht besonders angenehm. Aber heute Nachmittag musste er wirklich zu Jaap. Dann musste der Spaziergang mit Liese eben etwas kürzer ausfallen.

KAPITEL 4

TICKTACK

Früher war mehr los in der Stadt, das wusste Henk noch. Da gab es samstags auf dem Großen Markt Kasperletheater. Vater war oft mit ihm dorthin gegangen, und manchmal aßen sie hinterher noch Pfannkuchen an dem Stand vor der Sankt-Bavo-Kirche. Das musste aber ein Geheimnis bleiben, sagte Vater dann mit einem breiten Grinsen – also durfte Henk es Mutter nicht verraten. Trotzdem kam Mutter jedes Mal wieder dahinter. Henk hatte keine Ahnung, woran das lag, und dann mussten sie alle drei lachen. Inzwischen wusste er, dass er hinterher immer ganz weiß im Gesicht war von dem Puderzucker und dass Mutter gar nicht solch eine Hellseherin war, wie er befürchtet hatte.

Aber der Pfannkuchenstand war verschwunden, denn die Zutaten waren nicht mehr erhältlich. Der Mann mit dem Kasperletheater wagte nicht mehr aufzutreten, weil er Angst hatte, dass Kasper und Gretel den Führer beleidigen könnten.

Liese hatte sich bei Henk eingehakt und schien sich keine Gedanken darüber zu machen, dass es kein Kasperletheater und keinen Pfannkuchenverkäufer mehr gab. Es machte ihr auch nichts aus, dass die Schaufenster leer und viele Fenster zugenagelt waren. Sie lief einfach langsam neben ihm her und genoss die warmen Sonnenstrahlen, die auf ihr Gesicht fielen. Ein bisschen zu langsam nach Henks Geschmack. Er hatte noch mehr Pläne für heute Nachmittag. Er konnte die ganze Zeit über nur an eines denken: an seinen raffinierten Freund Jaap, der irgendetwas im Schilde führte.

„Komm, Liese, wir gehen heute hier entlang." Henk zeigte auf die kleine Gasse auf der linken Seite.

„Nee, nich da." Ihre Zöpfe schaukelten wild vor ihrem Gesicht herum, während sie mit aller Entschiedenheit den Kopf schüttelte.

„Aber das ist auch eine hübsche Straße, und ich glaube, da gibt's sogar 'nen Bäcker."

Liese blickte mit ihren großen braunen Augen zu ihm auf. „Ticktack?"

Bei ihren Spaziergängen kamen sie oft an einem großen Uhrengeschäft vorbei und sahen sich dann die Uhren im Schaufenster an. Wenn es auf der Straße sehr ruhig war, konnte man durch das Schaufenster hindurch hören, wie sie tickten.

„Nein, jetzt gehen wir nicht zum Uhrengeschäft. Wir gehen heute mal in diese Richtung."

Wieder flogen die Zöpfe hin und her. „Ticktack."

„Ich will heute nicht so weit laufen, Liese." Henk schaute seine Schwester an und sah an ihrem Blick, dass er diesen Kampf verlieren würde.

„Ticktack?", wiederholte sie leise.

„Na gut, gehen wir."

Liese legte die Hand auf Henks Brust und lächelte. „Lieb", murmelte sie. Henk zupfte sie sanft an einem Zopf und nahm ihre Hand. „Liese ist auch lieb."

Gerade, als sie in die *Barteljorisstraat* einbiegen wollten, hörte er Motorengebrumm. Er kannte das Geräusch der deutschen LKWs inzwischen nur allzu gut. Liese hatte den Schauer gespürt, der ihm über den Rücken lief, und schob sich noch ein bisschen näher an ihn heran.

Die Lastwagen brausten in hohem Tempo durch eine kleine Seitenstraße heran.

„Komm, Liese." Henk zog sein Schwesterchen auf die Seite und fand einen Eingang, in dem sie sich in Sicherheit bringen konnten. Sie waren nicht die einzigen, die auf diese Idee gekommen waren.

Eng aneinandergedrückt starrten die Schutz suchenden Leute auf die Fahrzeugkolonne. Henk wollte eigentlich nicht hinschauen, die LKWs einfach ignorieren, aber sein Blick wanderte unwillkürlich zum Führerhaus eines Lastwagens. Er sah den entschlossenen Blick in den Gesichtern der Soldaten und wusste, dass das für viele Menschen nichts Gutes heißen würde. Manchmal gelang es ihm, nicht weiter darüber nachzudenken und einfach mit dem weiterzumachen, was er gerade tat. Aber in Momenten wie diesem ging das nicht. Er hatte ein flaues Gefühl im Magen, wollte sich jedoch nichts anmerken lassen, denn Liese war bei ihm, und es standen lauter Fremde um ihn herum.

Er fragte sich, ob es den anderen ebenso ging wie ihm. Sie schwiegen, genau wie er selbst. Die dunklen Wagen fuhren polternd an ihnen vorbei wie ein Heer großer, schwarzer Käfer und verschwanden kurz darauf aus ihrem Blickfeld. Langsam ebbte das Motorengeheul ab. Die kleine, dichtgedrängte Gruppe von Passanten löste sich wieder auf. Für sie war die Bedrohung vorbei, sie konnten wieder weiter.

„Die armen Menschen", hörte Henk einen alten Mann flüstern.

„Ja, wen werden sie wohl diesmal holen? Ob sie weitermachen, bis es keine Juden mehr gibt?" Eine etwa fünfzigjährige Frau streckte die Hand aus, um dem Mann aus dem Eingang zu helfen.

„Gott wird über sie richten. Wir wollen froh sein, dass wir das nicht machen müssen."

Die Frau blieb stehen. „Was meinst du damit, Vater?"

„Diese armen Soldaten. Sie helfen mit, das geliebte Volk Gottes zu vernichten. Lass uns dafür beten, dass Gott ihnen gnädig ist."

„Also weißt du, Vater ..."

Henk verstand das nicht. Der alte Mann schien tatsächlich Mitleid mit den deutschen Soldaten zu haben.

Liese zog ihn am Arm. „Ticktack", flüsterte sie ihm ins Ohr.

„Ja, wir gehen gleich hin", raunte Henk ihr zu.

Noch einmal flüsterte sie „Ticktack" – in einem Ton, den er nicht begriff. Er schaute sie an und sah, dass ihr Blick auf den alten Mann gerichtet war.

„Was meinst du denn?"

„Is Ticktack!" Liese strahlte, als hätte sie soeben ein großes Geheimnis entdeckt.

Henk schaute den alten Mann an, der sich bei der Frau eingehakt hatte. Mit seinem langen grauen Bart und der runden Brille erinnerte er ein bisschen an einen Opa aus einem Märchenbuch oder an den Propheten aus der biblischen Geschichte, die Lehrer van Soest kürzlich erzählt hatte.

„Ticktack!", rief Liese, und die beiden Leute drehten sich zu ihnen um.

„Liese!" Was hatte sie denn nur? Henk wollte seine Schwester wegziehen, aber es war schon zu spät.

Auf dem Gesicht der Frau erschien ein breites Lächeln, und sie kam direkt auf Liese zu.

Was sollte das nun wieder bedeuten?

„Hallo, hübsches Mädchen!", sagte die Frau und nahm Lieses Hände. Henk fand das seltsam. Hübsches Mädchen – das sagte niemand über Liese. Man sah ihr schließlich an, dass sie behindert war. Kannte diese Frau sie? Das konnte kaum sein.

„Du bist doch das Mädchen, das immer mit seinem Bruder vorbeikommt, um dir unsere Uhren anzuschauen, stimmt's?"

Liese nickte begeistert. Da begann Henk ein Licht aufzugehen. Das meinte sie also. Das waren die Leute vom Uhrengeschäft, und Liese hatte sie erkannt.

„Deine Schwester kann nicht so gut sprechen, oder?" Die Frau sah ihn an. Ihm wurde warm. Sie schienen in Ordnung zu sein, diese Leute, aber die Sache war ihm doch ein bisschen unangenehm. Was ging sie das an?

„Du brauchst keine Angst vor uns zu haben", sagte die Frau freundlich und tätschelte seinen Arm.

„Nein, das …“ Er wusste nicht, was er sagen sollte. Irgendwie peinlich, dass er sich so hilflos fühlte. Er ärgerte sich über sich selbst.

Die Frau wandte sich wieder an Liese. „Du kannst gern mal zu uns reinkommen und Opas Uhren angucken. Er hat so viele Wanduhren und Standuhren und Armbanduhren. Sie ticken alle anders, jede auf ihre Art. Und meine Schwester Betsie hat immer irgendwas Leckeres da, was sie unseren Gästen anbieten kann.“

Der Opa nickte zustimmend und setzte hinzu: „Vielleicht möchte die Kleine auch mal sonntags zu deinem Kindergottesdienst kommen, Corrie.“

Henk nahm seine Schwester energisch an der Hand. „Ich glaube, wir müssen jetzt weiter.“ Aber Liese ließ sich nicht vom Fleck bewegen.

„Das wäre sehr schön, aber es geht nur, wenn ihre Eltern damit einverstanden sind.“ Wieder sah die Frau ihn an. „Du kannst sie ja mal fragen. Wie heißt du eigentlich?“

„Henk“, sagte er. Warum nannte er der Frau einfach so seinen Namen?

„Also, Henk, am Sonntagnachmittag haben wir immer so eine Art Gottesdienst für Behinderte. Dann singen wir miteinander, und ich erzähle eine Geschichte aus der Bibel. Vielleicht gefällt das deiner Schwester?“

Obwohl Henk eine christliche Schule besuchte, gingen sie nicht oft zur Kirche. Seit Vater zur Zwangsarbeit nach Deutschland eingezogen worden war, wollte Mutter überhaupt nicht mehr hingehen. Als Henk sie nach dem Grund gefragt hatte, hatte sie ihm keine Antwort gegeben, und er hatte sie nicht mehr darauf angesprochen. Er blieb sonntagmorgens auch gern ein bisschen länger im Bett liegen.

Er hatte keine Ahnung, was Mutter von dieser Idee halten würde. Er sah Liese an, aber er konnte nicht erkennen, ob sie begriff, worum es ging. Er zuckte die Schultern. „Ich weiß nicht."

„Na, du kannst deine Mutter ja einfach mal fragen. Du weißt ja, wo wir wohnen. Ihr müsst wirklich mal herkommen, um Betsies Plätzchen zu probieren! Kommt doch morgen Nachmittag einfach mal vorbei."

„Pätzen!", rief Liese fröhlich. Das hatte sie auf jeden Fall begriffen. Sie mussten lachen, weil die Kleine so begeistert war.

„Ja, die finden wir alle lecker. Gut, dann sehe ich dich vielleicht morgen, Liese? Deinen großen Bruder bringst du dann auch mit, ja?"

Das werden wir noch sehen, dachte Henk. Es kam ihm klüger vor, darauf jetzt nicht zu antworten. Man konnte sich doch nicht einfach mit einer wildfremden Person verabreden?

Die Frau ließ Lieses Hand los und klopfte dem alten Mann auf den Rücken.

„Sollen wir uns jetzt wieder auf den Heimweg machen, Vater?" Der Mann tippte zum Abschied kurz an seinen Hut. „Vielleicht bis bald, Kinder. Möge der Herr euch segnen."

„Das hast du schön gesagt, Vater", nickte die Frau, und dann gingen die beiden langsam weiter.

Liese war anscheinend ebenso verblüfft wie Henk, denn sie vergaß völlig, dass sie noch kcine Ticktacks gesehen hatte, als er ihre Hand nahm und mit ihr nach Hause ging.

KAPITEL 5

UNGELÖSTE FRAGEN

Als sie endlich wieder zu Hause waren, stand Mutter in der Küche und bügelte.

„Na, seid ihr wieder da? War's schön draußen, Liese?" Sie begann Lieses Jacke aufzuknöpfen. „Ticktack", antwortete Liese, und Henk hatte einen Moment lang das Gefühl, dass er *das* jetzt erst mal oft genug gehört hatte.

„Habt ihr Uhren angeguckt?"

Liese schüttelte den Kopf.

Henk wusste, dass er Mutter eigentlich erzählen musste, was sie erlebt hatten, aber ihm fehlte die Geduld. Er brannte darauf, endlich zu seinem Nachbarjungen hinüberzugehen. „Ich gehe noch kurz zu Jaap", stieß er hervor und hatte dabei schon die Türklinke in der Hand. Beim Hinausgehen drehte er sich noch einmal kurz um, rief: „Bis gleich!" und rannte dann den Pfad zum Nachbarhaus hinüber.

Auf dem kleinen Weg hinter den Häusern blieb er stehen. Einen Plan – er brauchte jetzt einen guten Plan. Sein Ziel war, von Jaap zu erfahren, was er im Schilde führte, aber wie bekam er ihn so weit, dass er es ihm erzählte? Ihm ein

Messer an die Kehle zu setzen, würde natürlich am besten funktionieren. Er musste grinsen. „Zu viele spannende Bücher gelesen, Henk“, tadelte er sich selbst.

Jaaps Mutter aushorchen, ins Haus schleichen, wenn alle weg waren, oder Wanzen basteln und im Haus verstecken – das kam alles auch nicht in Frage. Vielleicht musste er einfach mit offenen Karten spielen.

Henk trottete langsam den Weg entlang zur Straße. Er konnte auf jeden Fall klingeln und fragen: „Hey, kann ich kurz reinkommen, Jaap?“

Er sprang über den niedrigen Gartenzaun. Er zögerte einen Moment, bevor er auf die Klingel drückte, aber dann presste er den Finger entschlossen auf den kalten Kupferknopf. Die Klingel schien noch mehr Krach zu machen als die Glocken der Sankt-Bavo-Kirche, aber das lag bestimmt an ihm.

„Hallo, Henk.“ Es war Jaaps Mutter. Sie sah ihn stirnrunzelnd an. Normalerweise sagte sie immer sofort: „Warum kommst du nicht hinten herum, Junge?“ Das machte er nie, aber sie fragte jedes Mal. Henk wartete, aber diesmal blieb es still.

„Äh …“, begann er, „ist Jaap zu Hause?“

Jaaps Mutter kam auf ihn zu und beugte sich zu ihm herunter. „Nnn…ein “, sagte sie zögernd. Henk biss sich auf die Lippe. Er wusste nicht, was er davon halten sollte, bis sie fortfuhr: „Jaap hat mir gesagt, er ginge Fußball spielen.“

Ups. Er zögerte. Musste er jetzt schnell eine Geschichte erfinden, um Jaap zu decken? Er führte anscheinend irgendetwas im Schilde, wovon seine Mutter nichts wissen durfte.

Das konnte alles Mögliche sein. Aber sein Alibi war nicht sehr stichhaltig. Und Henk musste sich dringend irgendetwas ausdenken, denn Jaaps Mutter durchbohrte ihn beinah mit ihren Blicken.

„Nein, wir spielen nicht Fußball." Bis dahin war es noch nicht gelogen. „Ich hab' da anscheinend irgendwas verpasst." Auch das stimmte, gerade noch. „Ich komme dann ein andermal wieder. Würden Sie ihm sagen, dass ich da gewesen bin?" Er merkte, dass er angefangen hatte, immer schneller zu reden. Er musste zusehen, dass er wegkam.

„Ja, das tue ich bestimmt. Verlass dich drauf."

„Gut, prima … Na, dann einen schönen Abend noch."

Die Haustür schlug mit einem Knall zu, ein Geräusch, das ihn wieder an die vergangene Nacht denken ließ.

Bis jetzt lief es noch nicht so gut mit seinem Plan. Eigentlich hatte er überhaupt noch nichts erreicht.

Er konnte natürlich noch kurz zum Park laufen, um nachzusehen, ob Jaap zufällig doch dort war, aber das war wahrscheinlich Energieverschwendung. Nein, er ging nach Hause. Er hatte keine Lust mehr, und er hatte Durst. Das las man übrigens nie in einem Abenteuerroman, dachte er – dass der Held keine Lust mehr hatte und Durst bekam. Echte Helden hielten es tagelang aus, ohne zu trinken. Er nicht.

„Ach so, heute Nachmittag hat jemand einen Brief für dich eingeworfen." Mutter schenkte Henk einen Becher Tee ein – oder etwas, das daran erinnern sollte. Er hatte gerade sein Rechenbuch aufgeschlagen, um mit den Hausaufgaben anzufangen.

„Oh, wo liegt er denn? Ist er von Vater?“ Er war schon unterwegs zum Flur.

„Auf dem Tischchen im Gang“, rief Mutter ihm nach.

Es war ein zugeklebter Briefumschlag, auf dem auf der Vorderseite mit großen Buchstaben sein Name geschrieben war. Er erkannte sofort, dass es Jaaps Handschrift war. Er riss den Umschlag so hastig auf, dass er fast den Brief zerrissen hätte.

„Komm heute Nachmittag um vier Uhr zum Park. Ich muss dich was fragen. Jaap.“

„Das darf doch wohl nicht …“ Henk rannte in die Küche und sah auf die Uhr. Es war halb sechs. „Wann ist der Brief gekommen, Mutter?“

„Als du mit Liese spazieren warst.“

„Warum hat du mir das nicht gesagt?“

„Als ihr zurückgekommen seid, bist du Hals über Kopf zu Jaap gerannt. Als du wieder da warst, hab' ich nicht mehr daran gedacht. Tut mir leid.“

Henk holte tief Luft, um etwas zu sagen, aber er schwieg.

„War der Brief denn so wichtig?“, fragte Mutter.

„Äh … nein, schon gut.“ Er rannte nach oben und ließ sich aufs Bett fallen. Der Brief in seiner Hand wurde knittrig, aber das war egal. Er wusste ja, was darin stand. Was wollte Jaap? Und warum benahm er sich so komisch? Das war wirklich eine blöde Aktion, fand Henk.

Inzwischen frage er sich, ob Jaap tatsächlich etwas mit dem Widerstand zu tun haben konnte. Bis jetzt sah es jedenfalls nicht so als, als ob er dafür sehr geeignet wäre.

Was sollte er jetzt machen? Noch mal zu den Nachbarn rübergehen und nachschauen, ob Jaap jetzt da war? Keine gute Idee. Außerdem wartete unten noch ein Rechenbuch mit so vielen Aufgaben, dass einem schlecht davon wurde. Und er begann zu merken, wie wenig er heute Nacht geschlafen hatte. Nein, er würde die Sache vorerst auf sich beruhen lassen und abwarten, was Jaap als Nächstes unternahm.

Zum Glück stellte Mutter keine weiteren Fragen wegen des Briefs. Henk kämpfte sich durch seine Hausaufgaben, sorgte dafür, dass das Feuer im Ofen nicht ausging, und aß zum Abendbrot mit Mutter und Liese eine Scheibe Brot, das dünn mit Marmelade bestrichen war.

„Gerrit hatte am Samstag beim Schwimmen ein echtes Butterbrot mit Butter und Käse dabei. Er hat mir auch ein Stück abgegeben. Es war unglaublich lecker!"

Mutter sah auf. „Tatsächlich? Das gibt es in den Geschäften schon lange nicht mehr zu kaufen. Da haben sie die Butter und den Käse aber gut aufbewahrt."

Henk biss lustlos auf seinem Brot herum. „Er hat gesagt, seine Mutter würde Leute kennen. Ich fand das komisch."

Mutter nickte langsam. „Mach dir darüber keine Gedanken. Das geht uns nichts an. Ach ja – erzähl mir doch mal, was heute Nachmittag in der Stadt alles passiert ist. Liese war total erschöpft und konnte nur noch ‚Ticktack' sagen. Ich hatte direkt ein bisschen Angst, dass sie sich selbst in eine Uhr verwandelt hätte."

Henk lachte und schaute zu Liese hinüber, die mit den Fingern die Krümel vom Teller aufpickte. „Mehr?", fragte sie.

„Nein, alles alle, Liese. Morgen wieder."

Liese machte ein böses Gesicht, sagte aber nichts mehr.

„Also, was habt ihr erlebt?"

„Puh!" Henk lehnte sich zurück und dachte schnell nach. Was konnte er von diesem seltsamen Opa und der Frau erzählen? Er wollte nicht, dass Mutter dachte, er sei unvorsichtig gewesen, aber er hatte einfach seinen Namen genannt und quasi versprochen, dass sie die beiden morgen besuchen kommen würden. Na ja, nicht wirklich versprochen, aber trotzdem … Er hatte auf jeden Fall nicht abgelehnt.

Er wusste selbst noch nicht, was er von diesen Leuten halten sollte.

„Heute Nachmittag, als wir gerade in die *Barteljorisstraat* einbiegen wollten, kamen plötzlich so große deutsche Lastwagen angefahren. Du weißt schon, wo Vater auch …"

Mutter nickte. „Liese war ganz schön erschrocken", fuhr Henk fort, „darum haben wir uns in einen Eingang geflüchtet. Da waren noch mehr Leute, und als wir weggehen wollten, merkte Liese, dass der Opa von dem Uhrengeschäft auch in dem Eingang stand. Sie hat ihn erkannt, darum hat sie ganz laut gesagt …"

„Ticktack!", ergänzte Mutter lachend. „Du hast dich bestimmt ein bisschen für sie geschämt."

Henk sah auf seinen leeren Teller. „Ja, ein bisschen schon. Auf jeden Fall haben wir dann noch kurz mit den Leuten geredet. Sie waren sehr nett."

Er stand auf und nahm Mutters Becher und Teller.

Liese klatschte in die Hände. „Pätzen!"

„Was meinst du?", fragte Mutter.

„Pätzen Ticktack." Liese zog Henk am Arm. „Heng, Pätzen."

„Habt ihr Plätzchen gegessen?"

„Nein, aber die Frau hat gesagt, dass wir mal zu Besuch kommen dürfen, und dann kriegen wir Plätzchen, denn sie kann sehr gut Plätzchen backen." Henk fuhr fort, den Tisch abzuräumen, und ging zur Anrichte.

„Das gefällt mir aber nicht. Es ist ziemlich komisch, einfach zwei Kinder einzuladen."

Er hatte schon gewusst, dass Mutter das sagen würde. „Sie sahen wirklich nicht gefährlich aus …" Er musste lachen, als er an den alten Mann dachte. Nein, der hatte bestimmt noch keiner Fliege etwas zuleide getan. „Sie sind von dem Uhrengeschäft ten Boom, die kennst du doch, oder?"

Mutter schob ihren Stuhl an den Tisch. „Ja, schon. Sie gehen auch in unsere Kirche. Ich finde sie ein bisschen komisch. Ich weiß noch, dass die Frau – Corrie heißt sie, glaube ich – die ganze Zeit über Gott geredet hat. Es kam mir ziemlich übertrieben vor."

„Sie hält Gottesdienste für Behinderte ab."

„Ja, das habe ich auch schon mal gehört."

Henk lehnte sich an die Anrichte und sah Liese an. „Sie hat gesagt, Liese könnte auch kommen."

„Aha", sagte Mutter kurz. Sie drückte ihm das Marmeladenglas in die Hand. „Ich bringe Liese ins Bett, sie ist müde."

Henk starrte das Glas an. „Da ist sie nicht die Einzige", seufzte er.

KAPITEL 6

ECHTE UND FALSCHE FREUNDE

Henk lehnte sich an die Wand des Schulgebäudes und schaute einer Gruppe Jungen zu, die mit ihren Murmeln spielten.

„Was machst du heute Nachmittag?" Plötzlich tauchte Gerrits Gesicht vor seinem auf.

„Meine Güte, ich hab' dich gar nicht kommen sehen", antwortete Henk.

„Tut mir leid. Willst du heute zu mir kommen? Wir könnten ein bisschen Schach spielen, wenn du magst?"

„Ich muss heute Nachmittag zu Hause bleiben. Aber wir könnten uns ja bei uns treffen?"

Mutter ging heute Nachmittag weg, darum konnte er nicht zu Jaap, denn er durfte Liese nicht allein lassen. Vielleicht fing sie dann wieder mit dem Uhrengeschäft an. Er hatte nicht viel Lust, mir ihr dorthin zu gehen. Wenn er sich mit Gerrit verabredete, hatte er auf jeden Fall einen guten Grund, warum das nicht ging. Und im Übrigen hatte Mutter auch gesagt, dass sie nicht damit einverstanden war. Mit Gerrit eine Partie Schach zu spielen, würde bestimmt mehr

Spaß machen, als stundenlang mit einer missgelaunten Liese allein zu sein.

Gerrit räusperte sich, gab aber keine Antwort.

„Hey, ich hab' dich was gefragt. Kommst du zu mir?"

„Nein, das wollen meine Eltern nicht."

Henk drehte sich abrupt zu Gerrit um. „Was?"

Gerrit blickte auf seinen Jackenärmel und zog an einer Fussel. „Ich darf nicht bei dir spielen."

„Warum nicht?", stieß Henk hervor. Wie bescheuert war *das* denn?

„Wegen deiner Schwester. Weil sie … na ja, weil sie was hat." Gerrit sah auf. „Es tut mir leid, ich finde das auch komisch von meinem Vater, aber er sagt, Hitler hätte gesagt, die Behinderten …" Er beendete den Satz nicht.

„Haha!" Das war so blöd, dass Henk einfach nur lachen musste. „Dein Vater hört auf Hitler? Denkt er, dass eine Behinderung ansteckend ist oder so?"

„Nein, ähm ja, ich …" Gerrit begann zu stottern und an seinen Händen herumzufingern.

„Na, was denn nun? Wie denkst du eigentlich selbst darüber, Gerrit?"

„Mein Vater …"

Henk hatte die Nase voll und ging schnell weg. Es kribbelte ihm dermaßen in den Fäusten, dass er Angst hatte, eine Dummheit zu machen.

„Ich finde deine Schwester nicht dumm, Henk." Gerrit lief hinter ihm her. „Ich glaube nicht, dass sie in ein Lager gehört."

Henk drehte sich um und verschränkte die Arme. „Na, das ist ja sehr beruhigend! Aber das mit dem Schachspielen kannst du knicken." Er begann zu schreien, und in Windeseile waren sie von ein paar Kindern umringt.

Henk baute sich wütend vor Gerrit auf. „Spiel doch mit deinem Vater, der ist wenigstens noch zu Hause. Ach ja, wieso muss *der* eigentlich nicht in Deutschland arbeiten?"

„Hey, die kloppen sich gleich!", johlte jemand, aber ehe die beiden aufeinander losgehen konnten, war Lehrer van Soest bereits zur Stelle. „Was ist hier los?"

„Henk und Gerrit haben Streit, Herr Lehrer", sagte ein Mädchen.

Eine Hand schloss sich fest um seine Schulter. „Kommt mal eben mit, Jungs."

Im Flur des Schulgebäudes stellte der Lehrer die beiden einander gegenüber. Plötzlich schien Henks Energie über die schwarz-weißen Fliesen in den Fußboden zu fließen. Er hatte keine Lust mehr auf diesen Streit.

„Jetzt sagt mir mal, was los ist."

„Nein, Herr Lehrer, es ist meine Schuld", erklärte Gerrit sofort. „Ich hab' was Dummes gesagt. Es tut mir leid."

Henk hörte nur mit halbem Ohr hin und reagierte nicht.

„Stimmt das, Henk? Sag die Wahrheit, was ist dein Anteil an der Geschichte?"

„Es ist so, wie Gerrit sagt", murmelte er.

„Darf ich dann noch erfahren, was Gerrit genau gesagt hat?"

Beide schüttelten schweigend den Kopf.

„Gut, dann gebt ihr euch jetzt die Hand, und die Sache ist vergessen, Männer. Geht nur gleich ins Klassenzimmer, ich läute jetzt die Glocke."

Henk streckte die Hand aus und schüttelte kurz die von Gerrit. Dann drehte er sich um und schlurfte in den Klassenraum.

Henk sah auf die Uhr. Noch drei Minuten, dann war es drei. Er hatte Mutter versprochen, dass er Liese etwas vorlesen würde.

„Um drei höre ich auf zu lesen", erklärte er seiner Schwester, obwohl sie die Uhr nicht lesen konnte. Er kannte *Heimatlos* inzwischen beinah auswendig, aber seine Schwester bekam nicht genug davon. *Winnetou und Old Shatterhand* war mehr nach seinem Geschmack. Das Buch lag auf dem Regal an seinem Bett und wartete auf ihn. Noch ein bisschen Geduld, ermahnte er sich selbst.

Als die Uhr zu schlagen begann, schlug er das Buch zu und rannte nach oben. Er war kaum in seinem Zimmer, als er Liese seinen Namen rufen hörte.

„Warte, Liese, ich bin gleich wieder da!", rief er zurück. Manchmal war ihm danach zumute, einfach zu schreien: „Lass mich in Ruhe!" Das war gerade solch ein Moment. Sie konnte doch wohl mal eine Minute ohne ihn aushalten?

Er trampelte die Treppe hinunter, legte die Hand auf die Türklinke und nahm einen tiefen Atemzug, bevor er in die Küche ging.

„Da bin ich schon wieder, Liese, du brauchst nicht …"

Henk erstarrte. „Jaap."

„Hey, Henk. Ich wollte dich zum Fußballspielen abholen. Aber du musst wohl auf Liese aufpassen?"

Henk nickte langsam. Er ging weiter in die Küche hinein, warf sein Buch auf den Tisch und schob einen Stuhl zurück, während er den Blick auf Jaap gerichtet hielt.

„Setz dich doch."

„Ja, okay." Jaap zog seine Jacke aus.

„Willst du was trinken?"

„Gern. Habt ihr vielleicht so was Ähnliches wie Kaffee?"

Henk zog eine Schublade auf und machte sich an der Anrichte zu schaffen.

„Ach ja", fragte Jaap in gewollt lässigem Ton, „hast du eigentlich meinen Brief gestern noch gekriegt?"

„Hmm", brummte Henk.

„Heißt das ja?"

Henk ließ ein bisschen Wasser in den Kessel laufen. Ohne ein weiteres Wort zu sagen, bereitete er Getreidekaffee zu. Er hoffte, dass Jaap die Stille unangenehm finden würde und dadurch anfing zu reden. Aber er hatte sich verrechnet. Jaap schwieg auch.

Mit Schwung stellte Henk die Kaffeebecher auf den Tisch und ließ sich auf einen Stuhl fallen.

Jaap lachte. „Versuchst du mir irgendwas zu sagen?"

„Ich dachte, wir wären Freunde!"

Jaap zog die Augenbrauen hoch. „Ja, klar, stimmt denn irgendwas nicht?"

„Wenn wir Freunde sind, warum machst du dann alle möglichen Sachen, von denen ich nichts weiß?" Henk blickte Jaap direkt ins Gesicht, um zu sehen, wie er reagierte, aber Jaaps Miene verriet nichts.

„Was solltest du denn wissen?"

„Warum du mit einer Spottschrift in der Tasche herumläufst, zum Beispiel. Und wo du mitten in der Nacht hingehst!"

Jaap nahm einen Schluck von seinem heißen Kaffee. „Hast du den Zettel gefunden?"

Henk nickte kurz.

„Das hab' ich gehofft. Darum hatte ich dir gestern den Brief in den Kasten gesteckt." Jaaps Stimme wurde leiser, und er stützte den Ellbogen auf den Tisch. „Da steht nämlich eine wichtige Nummer drauf." Er räusperte sich. „Falls du verstehst, was ich meine."

„Aha", antwortete Henk. Er rutsche zur Stuhlkante vor. „Ja", sagte er, „ich hab' mir schon gedacht, dass ich ihn gut aufbewahren muss." Er hatte das Gefühl, dass er sich umschauen müsste, um sich zu vergewissern, dass niemand in der Nähe war. „Aber es war ganz schön gefährlich, dass du den einfach so verloren hast."

Erstaunt sah Jaap ihn an. „Gefährlich? Ein kleines Flugblatt, mehr war das nicht."

„Aha, und was ist mit der geheimen Nummer? Bringst du die Widerstandsbewegung nicht in Gefahr, wenn die in die falschen Hände kommt?"

Jaap riss die Augen auf. „Widerstandsbewegung? Wovon redest du da?"

Henk beugte sich über den Tisch zu Jaap vor. „Von der Nummer auf dem Zettel natürlich! Und dass du mitten in der Nacht zu einer Widerstandsversammlung gegangen bist. Ich hab' dich weggehen gehört!"

Plötzlich begann Jaap laut zu lachen. Er schlug mit der Hand auf den Tisch. „Widerstand? Hahaha! Wie kommst du denn auf die Idee?" Er wurde leiser und sah Henk verschwörerisch an. „Diese Nummer ist die Hausnummer von einem Mädchen, mit dem ich mich verabredet hatte! Ich wollte ihr einen Liebesbrief in den Briefkasten stecken. Spionierst du mir nach, oder was?"

Henks Gedanken überschlugen sich: die Spottschrift, die Geräusche in der Nacht, die dunkle Gestalt auf der Straße. Hatte er sich viel zu viel dabei gedacht? Es lag bestimmt an diesen spannenden Büchern und an seiner blühenden Fantasie, dass er sich solch eine abenteuerliche Geschichte zusammengereimt hatte. Er schüttelte den Kopf. „Nein, ich spioniere dir überhaupt nicht nach. Ich hab' mir bloß zu viele Gedanken gemacht. Nimm's mir bitte nicht übel."

„Ich find's vor allem witzig." Jaap grinste immer noch.

Henk konnte jetzt auch darüber lachen. „Deine Mutter hat sich gestern auch so komisch benommen. Aber als ich später deinen Brief sah, dachte ich mir, dass du dich nicht besonders geschickt anstellst, wenn du wirklich im Widerstand bist."

„Na ja, meine Mutter ist natürlich total neugierig. Aber ich hab' echt nicht vor, ihr von Jannecke zu erzählen." Jaap sah Henk mit verschwörerischem Blick an, und Henk begriff die Botschaft. „Von mir erfährt sie nichts!", sagte er schnell.

„Prima. Aber gibst du mir den Zettel dann noch zurück?"

„Klar. Ich hol' ihn dir. Aber nur, wenn du mir versprichst, dass ich als Erster erfahre, wenn ihr euch geküsst habt."

„Das binde ich dir doch nicht auf die Nase! Komm, jetzt rück den Zettel schon raus!"

„Das ist besser als Schachspielen mit Gerrit", sagte Henk. Er schaute in den Atlas, den Jaap von zu Hause geholt hatte. Vor ihnen lag ein Stück Papier, auf das sie die Karte von Europa nachzeichnen wollten. Jaap hatte zu Hause ein Radio versteckt und hörte regelmäßig den Sender *Radio Oranje* und den britischen Nachrichtensender *BBC*. Er war schon auf der weiterführenden Schule und konnte ein bisschen Englisch, sodass er die Nachrichten der Alliierten verfolgen konnte – wie weit sie inzwischen vorgedrungen waren und welche deutschen Armeen sie gerade schlugen. Auf der Karte wollte Henk festhalten, wie der Stand der Dinge war. Dann konnte er sehen, wie die Freiheit immer näher kam. Jaap hatte versprochen, ihn dabei auf dem Laufenden zu halten.

„Wolltest du mit dem Depp vom Schwimmbad Schach spielen?"

„Ja, aber er darf nicht zu mir nach Hause kommen. Das hat sein Vater verboten, weil Liese behindert ist." Henk spürte, wie der Zorn vom Vormittag erneut in ihm aufstieg.

„Toller Freund." Jaap schaute Liese an, die mit einem Stofftüchlein spielte.

„Früher waren Gerrit und ich gute Freunde. Ich glaube, ich sitze schon seit der ersten Klasse neben ihm. Aber in der letzten Zeit benimmt er sich oft ziemlich komisch. Ich frage mich, was mit seinen Eltern los ist. Vielleicht sind sie in der NSB[1]."

„Ich würde es nicht mit ihm verderben, aber halt ihn ein bisschen auf Abstand."

„Ja, das habe ich auch gedacht. Aber er hat gesagt, Hitler hätte etwas über Behinderte gesagt. Weißt du irgendwas darüber?"

Jaap schüttelte den Kopf. „Ich will so wenig wie möglich über den blöden Moffen[2] nachdenken. Aber ich weiß, dass er so gut wie alles verabscheut, was nicht blond, deutsch und arisch ist."

Henk nickte schweigend und wünschte sich, dass er nicht damit angefangen hätte. Es machte ihn traurig.

„Was meinst du, Jaap, wird es diesen Winter noch eine Elf-Städte-Tour[3] geben?"

Jaap sah ihn erstaunt an. „Na, das hoffe ich doch. Dann machen wir mit, okay?"

„Abgemacht. Sobald wieder Frost ist, fangen wir an zu trainieren, damit wir Sietze de Groot schlagen können. Vorausgesetzt, ich kann an Schlittschuhe kommen, die mir passen. Meine alten sind viel zu klein."

„Ich hab' noch ein Paar auf dem Speicher liegen, vielleicht passen sie dir."

---

1 Am Ende des Buchs findest du eine Liste mit Worterklärungen.

2 „Moffen" (Singular: „Mof") war die verächtliche niederländische Bezeichnung für die deutschen Besatzer (Anmerkung der Übersetzerin).

3 Traditionelles Schlittschuh-Rennen in den Niederlanden (Anmerkung der Übersetzerin)

Während er das sagte, kam Mutter herein. Sie gab Henk einen Kuss. Schnell fuhr er sich mit der Hand über die Wange.

„Hoffen wir, dass es diesen Winter nicht so kalt wird." Sie pustete in ihre Hände. „Ich kann ja jetzt schon kaum noch Kohlen bekommen. Eis und Schlittschuhlaufen – du lieber Himmel, das fehlt mir gerade noch!"

Henk und Jaap wechselten einen Blick und waren sich einig. Wenn es nach ihnen ging, mindestens fünfzehn Zentimeter Eis. Die Kälte würden sie gern in Kauf nehmen.

KAPITEL 7

ANNA

Henk zog sich die Mütze noch tiefer über die Ohren. Der Wind strich kalt und rau an seinen Wangen entlang, aber seine Ohren froren ihm jedenfalls nicht ab. Mutter hatte die Mütze heimlich gestrickt und ihm zum Nikolaustag[4] geschenkt. Die Wolle kam von ihrem kaputten Pulli, den sie vorsichtig aufgetrennt hatte. Es war vielleicht nicht das schönste Geschenk, das er je erhalten hatte, aber er war sehr froh darüber. Die Farben waren hübsch, sie war warm, und Mutter hatte versprochen, dass sie auch noch Handschuhe stricken würde, die dazu passten. Er hatte Angst gehabt, dass sie den Nikolaustag dieses Jahr ausfallen lassen müssten, aber Mutter hatte doch ein kleines Fest daraus gemacht. Sie hatte Tante Stien und Onkel Albert mit ihren Kindern eingeladen und Zucker gespart, um Plätzchen zu backen. Henk erinnerte sich daran, wie es sich angefühlt hatte, als sie auf seiner Zunge gelegen hatten und langsam geschmolzen

---

[4] In Holland macht man sich gegenseitig zum Nikolaustag (5. Dezember) Geschenke statt wie bei uns zu Weihnachten (Anmerkung der Übersetzerin).

waren. Herrlich süß waren sie gewesen … Tante Stien hatte Kakao mitgebracht, und so konnten sie auch noch heiße Schokolade trinken. Alle hatten sich über ihr Geschenk gefreut, und Henk hatte mit seinen kleinen Cousinen aus vollem Hals Nikolauslieder gesungen, auch wenn er dafür natürlich schon zu alt war.

An der Brücke über die *Nieuwe Gracht* blieb er kurz stehen. Er schaute hinunter ins Wasser, das ruhig unter ihr hindurchfloss. Kein Eis. Anscheinend war es noch nicht kalt genug. Schade.

Weiter vorn sah er zwei Uniformen laufen und beschloss, eine andere Straße zur Fleischhalle auf dem Großen Markt zu nehmen. Er tastete kurz mit der Hand in seine Jackentasche. Nicht, dass seine Stammkarte einfach so aus seiner Tasche herausfallen konnte, aber er wollte gar nicht daran denken, dass er sie einmal verlieren könnte. Dann würden sie keine Lebensmittelkarten mehr bekommen, und das war eine mittlere Katastrophe. Lieber einmal öfter kontrollieren.

„Hey, junger Mann“, hörte er plötzlich rechts neben sich eine Stimme. Eine Frau kam fröhlich winkend auf ihn zu gelaufen. Neben ihr ging ein Mädchen, das etwa in seinem Alter war.

„Henk, so heißt du doch, nicht wahr?“

„Guten Tag, Frau ten Boom.“ Henk war sie nicht mit Liese besuchen gegangen. Er hatte kaum noch an ihre Begegnung gedacht, und es war ihm peinlich, sie jetzt wiederzusehen. Ihm fiel keine gute Entschuldigung ein, und er beschloss, so zu tun, als hätte er Nasenbluten.

„Ich war gerade auf dem Weg zur Fleischhalle, um eine neue Lebensmittelkarte zu holen“, sagte er. Hoffentlich war diese Frau schon in dem Alter, in dem man ein bisschen vergesslich wurde.

Frau ten Boom hakte sich bei dem Mädchen ein. „Das passt, da gehen wir auch hin. Darf ich dir meine Nichte Anna vorstellen?“ Sie beugte sich zurück, und Henk schaute dem Mädchen ins Gesicht. Was für schöne hellblaue Augen sie hatte!

„Hallo“, sagte er, „ich bin Henk.“

Anna streckte die Hand aus und lächelte ihm zu. In ihren beiden Wangen bildeten sich Grübchen. Henk vergaß direkt, ihr die Hand zu schütteln. Erst als er bemerkte, dass sie die Augenbrauen hochzog, kam er wieder zu sich.

„Oh …“ Ungeschickt schüttelte er ihre kräftige kleine Hand, während sie ihren Namen nannte.

Unterdessen zermarterte er sich den Kopf, was er sagen konnte. Er sah schon kommen, dass ihm jetzt überhaupt nichts einfiel.

Zum Glück kam Frau ten Boom ihm zu Hilfe. „Henk hat noch ein Schwesterchen, nicht wahr, Henk? Ein ganz liebes Mädchen, Liese heißt sie. Sie kommt vielleicht bald mal sonntagnachmittags zum Gottesdienst. Und wer weiß, vielleicht traut sich Henk auch mal, uns mit ihr besuchen zu kommen. Wir würden uns freuen.“

Er wollte antworten, dass er wirklich keine Angst hätte oder so etwas, aber als er Anna leise kichern hörte, beschloss er, einfach mitzumachen. „Ja“, sagte er, „man braucht schon ganz schön viel Mut, um sich zu den ten Booms zu trauen.“

Er blickte zur Seite und sah, wie die Augen der Frau hinter ihrer Brille zwinkerten.

„Musst du echt machen, es ist total schön im Beje[5]", sagte Anna.

„Im Beje?"

„So nennen alle das Haus der Familie. Eine Abkürzung für *Barteljorisstraat*."

„Aha. Na ja, Liese will bestimmt mal kommen, sie ist ganz verrückt auf alle Arten von Uhren. Aber meine Mutter ..."

Anna und ihre Tante sahen ihn fragend an.

„Sie fasst nicht so schnell Vertrauen zu Fremden."

Frau ten Boom nickte. „Ja, das ist heutzutage durchaus verständlich."

Schweigend gingen sie weiter und überquerten den Großen Markt. Trotz des Kriegs, war hier immer noch viel los. Frau ten Boom begrüßte eine Reihe von Leuten und blieb stehen, als sie von einem Ehepaar angesprochen wurde.

„Tante Kees kennt viele Leute. Ein Spaziergang mit ihr dauert immer eine ganze Zeit", erklärte Anna lachend. Anscheinend hieß Frau ten Boom doch nicht Corrie, sondern Kees. Komischer Name für eine Frau.

„Sie ist ziemlich nett, nicht?", flüsterte Henk.

„Ja. Sie wohnt mit Opa und ihrer Schwester Betsie im Beje. Vielleicht wirkt sie schon ein bisschen alt, aber in Wirklichkeit ist sie noch ziemlich jung und lebendig. Sie kann sehr gut mit Kindern umgehen."

---

5 Ausgesprochen: Beh-Jeh (Anmerkung der Übersetzerin).

„Danke für das Kompliment, Anna." Tante Kees verabschiedete sich von dem Ehepaar, und sie gingen weiter. Sie streckte schon wieder den Arm in die Luft, um jemanden von fern zu grüßen. „Hallo, Jaap!", rief sie.

Jaap? Henk folgte ihrem Blick und sah ein Stück von ihnen entfernt tatsächlich seinen Nachbarjungen laufen, von einem Mädchen begleitet. Er ging schnell am Rathaus entlang und sah sich kurz nach der Frau um, die ihn gerufen hatte, aber seltsamerweise reagierte er nicht. Er zog sich nur seine Kappe ein bisschen tiefer ins Gesicht – natürlich wollte er nicht mit einem Mädchen gesehen werden. Die beiden verschwanden aus ihrem Blickfeld.

„Kennen Sie Jaap?", fragte Henk.

„Ja, er ist so ein netter Kerl." Frau ten Boom öffnete die große Tür zur Fleischhalle und ließ sie vorgehen. „Zum Glück keine lange Schlange heute", stellte Anna erleichtert fest.

Henk war in Gedanken noch bei seinem Freund.

„Woher kennen Sie Jaap, Frau ten Boom?"

Sie sah ihn an. „Sag einfach Tante Kees zu mir, so wie Anna", sagte sie. „Hast du deine Karte?"

Henk klopfte auf seine Jackentasche und nickte. „Ja, Tante Kees." Irgendwie klang es ein bisschen komisch, aber er würde sich schon daran gewöhnen.

„Sie heißt eigentlich Corrie", flüsterte Anna ihm ins Ohr, „aber ihre Freunde dürfen sie Tante Kees nennen. Also gehörst du jetzt zu ihren Freunden. Und Betsie nennen wir Tante Bep. Dann weißt du das auch schon mal."

Henk geriet in Verwirrung, weil Annas Stimme plötzlich so dicht an seinem Ohr war, und stammelte irgendetwas vor sich hin. Was war nur mit ihm los?

Erst, als sie sich später voneinander verabschiedet hatten und er allein weiterging, konnte er wieder ruhig atmen.

Tante Kees kannte Jaap also irgendwoher, grübelte Henk. Er lag auf seinem Bett und starrte auf die Karte, die er an die Wand gehängt hatte. Die schwache Mittagssonne beschien die roten und grünen Fähnchen auf dem grauen Papier der Landkarte von Europa. Viel Neues hatte er in der letzten Zeit nicht von Jaap erfahren. Der Vorstoß der Alliierten verlief nicht so reibungslos, wie alle gehofft hatten. Vorläufig war das Ende des Kriegs noch nicht in Sicht. Wie lange würde es noch dauern, bis Vater wieder nach Hause kam? Manchmal schien es, als hätten sie sich daran gewöhnt, dass sie zu Hause nur noch zu dritt waren. Aber wenn er sah, dass Mutters Augen vom Weinen rot waren, wusste er, dass sie sich niemals daran gewöhnen würde. Die wenigen Nachrichten, die sie von Vater bekamen, waren traurig. Dann schrieb Henk ihm einen fröhlichen Brief zurück, aber er wusste selbst, dass das nicht viel nützen würde. Er hasste dieses Gefühl von Ohnmacht. Aber was konnte er tun? Selbst *Radio Oranje* zu hören, war nicht mehr möglich, seit Mutter diesen Sommer gehorsam das Radio abgegeben hatte. Sie hätte es ebenso gut verstecken können, so wie Jaaps Eltern es gemacht hatten, aber nein, sie hatte einfach getan, was die Besatzer wollten.

Im Übrigen hatte er Jaap letzte Woche kaum gesehen. Der war anscheinend vollauf mit seiner Freundin beschäftigt.

Henk richtete sich auf. Vielleicht sollte er sich nicht so viel mit Jaap beschäftigen, aber die Sache ließ ihn einfach nicht los. Er tastete unter seine Matratze. Zum Glück hatte Mutter die zerknitterte Nachricht von Jaap nicht gefunden und weggeworfen. Er strich den Zettel glatt und las laut: „Komm heute Nachmittag um vier Uhr zum Park. Ich muss dich was fragen. Jaap."

Er stand auf und ging im Zimmer auf und ab. Jaap hatte fragen wollen, ob Henk das Flugblatt hatte, denn das brauchte er wegen der Hausnummer des Mädchens. Aber er hatte auch gesagt, dass er in der Nacht unterwegs gewesen war, um ihr einen Liebesbrief in den Kasten zu stecken. Das war in der Nacht von Sonntag auf Montag gewesen.

Henk blickte noch einmal auf den Zettel. Na also, das konnte gar nicht sein! Den Zettel hatte Jaap am Montag geschrieben. Einen Tag, nachdem er mitten in der Nacht unterwegs gewesen war. Da kannte er Jannekes Hausnummer also schon!

Henk knüllte das Papier zusammen und warf es triumphierend in die Luft. „Pass bloß auf, Jaap! Ich hab' dich durchschaut. Du lügst wie gedruckt, Bürschchen. Du hältst dich für schlau, aber mir kannst du nichts vormachen!"

Er ließ sich aufs Bett fallen, das daraufhin ein jämmerliches Quietschen von sich gab. Er hatte sich also nicht getäuscht – da war tatsächlich etwas im Busch! Manchmal war er wirklich clever, stellte er zufrieden fest. Jetzt musste er wie ein echter Detektiv schnell seine Beobachtungen festhalten, bevor er vielleicht die wichtigsten Details vergaß.

Er nahm ein Heft von seinem Regal und machte sich aufgeregt an die Arbeit.

Was auch immer Jaap behauptete, Henk würde ihn von jetzt an scharf im Auge behalten und alles in seinem Detektiv-Logbuch festhalten. Er würde sich sofort auf die Suche nach Vaters Fernglas machen, denn echte Spione konnten darauf natürlich nicht verzichten. Vorläufig würde er die Sache nur beobachten, ohne Jaap mit seiner Entdeckung zu konfrontieren. Ah ja, und er musste natürlich herauszufinden versuchen, ob er irgendetwas mit Familie ten Boom zu tun hatte. Das konnte er vielleicht bei Tante Kees in Erfahrung bringen. Dann musste er sie eben doch einmal besuchen gehen. Wer weiß, vielleicht würde er dabei ja auch Anna wiedersehen … Nun musste er Mutter nur noch davon überzeugen, dass von diesen Leuten keine Gefahr drohte. Vielleicht konnte er Anna in seine Detektivarbeit einbeziehen – als seine Assistentin und Mitarbeiterin. Es war natürlich viel schöner, solch ein Abenteuer gemeinsam zu erleben und sich mit ihr zusammen an die Arbeit zu machen. Dann konnte man auch miteinander beratschlagen und Gedanken austauschen.

Er starrte auf sein Heft und dachte noch einmal an den heutigen Nachmittag. Sie würden ein großartiges Team sein. Wenn er jemals den Mut finden sollte, sie zu fragen.

Er seufzte. Es war schön, Pläne zu machen. Auch wenn es nur dazu diente, einem kurz das Gefühl zu geben, dass man mit etwas Wichtigem beschäftigt war.

KAPITEL 8

ZU BESUCH IM BEJE

Er zögerte einen Moment, als sie am nächsten Tag in der Einkaufsstraße vor dem Uhrengeschäft standen. Er hatte Mutter doch nicht gefragt, ob sie die ten Booms besuchen gehen durften. Sie war auch nicht da gewesen, als Liese und er weggehen wollten, also hatte er sie gar nicht fragen können. Aber was sollte denn schon passieren? Ein paar Armbanduhren angucken, vielleicht etwas trinken, das konnte doch nicht schaden. Diese Leute waren garantiert ungefährlich. Und sie würden nicht lange bleiben. Außerdem würde es auch für Liese schön sein. Sie erlebte sowieso so wenig. Ein bisschen Ablenkung tat ihr gut.

Liese drückte seine Hand. Sie schwieg, während sie durch das Schaufenster in den Laden blickte.

Henk durchfuhr ein Schreck, als plötzlich der Boden unter seinen Füßen zu beben begann. Hinter ihm ertönte ein durchdringendes Quietschen. Er zuckte kurz zusammen, bis er begriff, dass es die Straßenbahn sein musste. Wie er sich mal wieder anstellte! Am besten gingen sie jetzt einfach in den Laden. Langsam trottete er mit Liese zur Eingangstür, die sich ein bisschen schräg zur Straße befand.

„Komm schon, Liese."

Sie sah ihn überrascht an. „Ja, alles in Ordnung. Wir gehen die Frau mit den Plätzchen besuchen, weißt du noch?"

Wahrscheinlich wusste sie das nicht mehr, aber das Wort „Plätzchen" brachte sie in Bewegung.

Die Türglocke klingelte fröhlich, als sie eintraten. Der Raum war vom Ticken zahlloser Uhren erfüllt. Liese klatschte in die Hände, aber Henk blickte unsicher zu Boden.

„Guten Tag, was kann ich für dich tun?"

Eine Verkäuferin in einem schwarzen Rock mit weißer Schürze kam hinter dem Tresen hervor und ging auf sie zu. Henk versuchte, Liese, die wie ein aufgezogenes Spieltier durch den Laden hüpfte, wieder zu fassen zu bekommen. „Komm her, Liese", sagte er leise und bestimmt, aber sie wirbelte an ihm vorbei, und Henk entschuldigte sich.

„Das macht wirklich nichts, sie kann sich ruhig alles angucken", sagte die Verkäuferin.

„Wir wollten eigentlich zu, äh …" Beinah hätte er „Tante Kees" gesagt, aber das war vielleicht nicht so angebracht. „Fräulein ten Boom." Er nahm höflichkeitshalber seine Mütze ab und presste die Hände zusammen.

„Schau mal an, da wird Tante Bep sich aber freuen. Soll ich kurz mitkommen?"

Endlich bekam Henk seine Schwester zu fassen. Er zog sie mit sich, während er der Frau durch eine Tür in den hinteren Bereich des Hauses folgte. Wenn sie bei Tante Bep waren, würden sie Tante Kees wohl auch sehen, hoffte er.

„Das ist die Werkstatt von Herrn ten Boom."

Um sich herum hörten sie Knarren, Ticken und Klopfen. Alles schien hier Geräusche von sich zu geben. An der rechten Seite standen Werkbänke, an der linken Seite unter dem Bleiglas-Fenster ebenfalls. Henk sah kleine Taschenuhren, Wecker und Standuhren. Ein junger Mann, der sich ein kleines Glas vors Auge geklemmt hatte, blickte von seiner Arbeit auf und begrüßte sie kurz, bevor er sich wieder über den hohen Tisch beugte, auf dem allerlei Gerätschaften standen.

„Opa ten Boom arbeitet nur noch morgens, dann ist das hier sein Arbeitsplatz." Die Verkäuferin zeigte auf die Werkbank am Fenster. Dann gingen sie weiter, in einen Flur und ein paar Treppenstufen hinauf. Vor ihnen lag ein Zimmer, das sie nun betraten.

„Betsie, hier ist Besuch für dich", kündigte die Verkäuferin an.

Gleich darauf ging sie an Henk und Liese vorbei wieder zurück ins Geschäft.

Die Frau, die an einem großen Tisch saß und nähte, sah ziemlich ernst und streng aus, aber Henk sah sofort, dass sie die Schwester von Tante Kees war.

Henk hielt Liese fest an der Hand. „Bitte entschuldigen Sie, aber wir wollten eigentlich Ihre Schwester besuchen." Das war vielleicht nicht so eine nette Begrüßung, dachte er – leider zu spät.

„Tante Kees ist kurz weggegangen, Kinder. Aber sie kann jeden Moment zurückkommen. Schön, dass ihr da seid." Sie steckte eine Nadel in das Nadelkissen, legte eine alte

Hose auf den Stuhl neben sich und stand auf. „Kommt, wir gehen ins Wohnzimmer. Da ist Vater, dann können wir ein bisschen miteinander reden."

Henk zögerte. Jetzt konnte er noch sagen, dass sie dann lieber ein andermal zurückkamen. Ein bisschen mit dem Opa zu reden war nicht gerade das, was er sich unter diesem Besuch vorgestellt hatte. Er warf einen Blick auf Liese. Sie hatte immer noch ihre Mütze auf. Das gehörte sich eigentlich nicht, aber sie schaute sich fröhlich um. Sie schien sich richtig wohl zu fühlen.

Tante Bep nahm seine Schwester bei der Hand und führte sie ruhig aus dem Zimmer. Ihr langer Rock raschelte um ihre Beine herum. Sie gingen eine Treppe hinauf, die spiralförmig nach oben führte wie eine Wendeltreppe in einem Burgturm. Dann standen sie vor einer anderen Tür. Henk hatte mittlerweile schon keine Ahnung mehr, in welchem Bereich des Hauses sie sich befanden. Er fühlte sich wie in einem Labyrinth. Hier hätte man prima Verstecken spielen können!

„Wir haben Besuch von zwei Kindern bekommen, Vater." Tante Bep betrat das lange, schmale Wohnzimmer und legte dem alten Mann, der in einem großen Sessel am Ofen saß und ein Nickerchen machte, eine Hand auf die Schulter. An der gegenüberliegenden Seite des Zimmers befanden sich zwei hohe Fenster, die zu beiden Seiten von schweren Gardinen umrahmt waren. An den Wänden hing, genau wie früher bei seinen Großeltern, eine bunte Mischung von Gemälden und Fotos. Auf dem Kaminsims lehnte ein Spruchbild mit der Aufschrift: „Jesus ist Sieger."

Betsie rückte zwei Stühle in die Nähe des Sessels.

„Setzt euch doch, Kinder“, sagte Opa freundlich. „Herzlich willkommen in unserem Haus. Wie schön, euch wiederzusehen.“

Sie wären doch besser nach Hause gegangen, dachte Henk. Das Ganze war ihm furchtbar peinlich. Worüber sollte er mit diesem Mann reden? Und wie sollte er Liese ruhighalten?

Er schaute auf die große Uhr, die am Kamin hing. Die goldenen Sonnenstrahlen auf dem Zifferblatt strahlten fröhlich, aber Henk überlegte fieberhaft, wie bald sie wieder gehen konnten, ohne dass es unhöflich war. Er hatte keine Ahnung, warum er so gern hierher gewollt hatte. Nun ja – wenn er ganz ehrlich war, wusste er es doch: Es waren die Grübchen in Annas Wangen gewesen. Er hatte im Stillen gehofft, dass sie auch hier sein würde. Nun saß er hier mit einer schweigenden Tante und einem schläfrigen Opa. Allerdings war Opa ten Boom von einem Moment zum anderen hellwach. Er schob sich die Brille hoch und sagte: „Erzähl mal, Junge – was hast du heute im Unterricht gelernt? Bist du in der Schule, wo Herr van Soest arbeitet?“

„Ja, kennen Sie den? Das ist sogar mein Klassenlehrer!“

„Ein feiner Kerl, er kommt auch manchmal zu uns. Erzählt er immer noch so schön aus der Bibel?“

Henk nickte. „Und auch Geschichten über unser Land – wie unser Königshaus entstanden ist und so.“

Opa kniff verschmitzt die Augen zusammen. „Geschichten, die der Feind nicht hören will?“, flüsterte er.

Henk nickte, Opa hatte den Nagel auf den Kopf getroffen. „Wir haben keine Geschichtsbücher mehr, denn da stehen lauter Lügen drin, sagen die Moffen. Aber wir erfahren die Wahrheit trotzdem!"

Tante Bep war aus dem Zimmer geschlichen und hatte Liese mitgenommen, während Henk und Opa über die Schule, den Krieg und auch über Vater redeten.

„Das muss ziemlich beängstigend gewesen sein, als sie deinen Vater mitgenommen haben", sagte Opa ernst.

„Ich hab' Angst gehabt, aber ich war auch schrecklich wütend auf die verdammten Deutschen. Mutter musste mich festhalten, sonst wäre ich auf sie losgegangen." Henk spürte, wie sein Herz schneller schlug, als er daran dachte.

„Das hat deine Mutter gut gemacht, sonst hätten sie dich vielleicht auch noch mitgenommen. Wie geht es ihr denn? Oder besser gesagt, euch? Kommt ihr zurecht ohne deinen Vater?"

Henk zuckte die Schultern. „Uns bleibt ja nichts anderes übrig. Zum Glück konnten wir Nikolaus feiern. Wir haben Vater auch ein Päckchen geschickt – mit Wurst, einem Hemd und Wollsocken."

Opa lachte und klopfte ihm auf die Schulter. „Das freut mich, mein Junge."

Die Uhr zeigte, dass mittlerweile beinah eine Stunde vergangen war, ohne dass Henk es gemerkt hatte. Auf dem kleinen Tisch mitten im Zimmer sah er ein Tablett mit Teetassen stehen. Es hing ein süßer Duft in der Luft, und Liese kam mit vorsichtigen kleinen Schritten auf ihn zugetrippelt.

Sie hielt mit beiden Händen ein Silberschälchen, und ihr Gesicht strahlte.

„Pätzen“, sagte sie leise.

Das war es also, was er roch. Er schaute ungläubig zu Opa ten Boom hinüber. „Ja, meine liebe Bep ist eine Meister-Bäckerin. Meiner Ansicht nach kann sie sogar aus Sand noch etwas Köstliches machen.“

„Jetzt übertreibst du aber, Vater“, lachte Tante Bep und setzte sich zu ihnen. „Aber ich hatte heute Nachmittag eine tolle Assistentin. Deine Schwester kann wunderbar helfen, Henk!“

Er wusste nicht, worüber er sich mehr wunderte – dass es in dieser Zeit so herrliche Plätzchen gab oder dass Bep Liese so lobte. Aber was es auch war – jetzt würde er erst mal zugreifen.

Gerade, als er das frische, süße Plätzchen in den Mund gesteckt hatte, waren auf der Treppe knarrende Schritte zu hören. In null Komma nichts war das Zimmer voller Menschen.

Henk wusste nicht, wie ihm geschah. Zuerst begrüßte Tante Kees ihn begeistert. Dann stellte sie ihm ihren Cousin Peter vor, einen jungen Studenten. Die Verkäuferin und der Mann aus der Werkstatt setzten sich an den Tisch, und zwei andere Frauen schüttelten ihm die Hand. Ihre Namen vergaß er sofort wieder.

„Ja, Junge, so geht das manchmal hier zu.“ Opa schüttelte den Kopf. „Da denkt man, dass man in Frieden seinen Ruhestand genießen könnte, aber von wegen.“

Tante Kees stellte sich hinter ihren Vater. „Du freust dich doch über Gesellschaft, Vater. Unterhalt dich ruhig weiter mit Henk. Schön, dass du gekommen bist, Junge. Und ich sehe, dass Liese sich auch sehr wohl fühlt. Was für ein liebes Kind."

Henk nickte schweigend. Er dachte an Mutter und ihre Warnungen. Sie lag völlig falsch, was die Familie ten Boom betraf.

KAPITEL 9

BEKANNTSCHAFT MIT DEM WIDERSTAND

Henk zog die grüne Tür hinter sich zu. Er stand jetzt mit Liese in der dunklen Gasse neben dem Haus der Familie ten Boom. Das Beje hatte nicht nur einen Eingang durch das Geschäft, sondern auch eine Seitentür. Sie konnten einfach dort klingeln, hatte Tante Kees gesagt. Dann brauchten sie nicht mehr durchs Geschäft. Er warf noch einen Blick auf das Haus. Oben war das Fenster mit der großen Fensterbank. Links daneben musste dann das Esszimmer sein. Tante Bep war gerade damit beschäftigt, die Gardinen zurechtzuziehen. Sie stellte eine rote, dreieckige Tafel mit dem Schriftzug der Alpina-Armbanduhren auf die Fensterbank. Gute Werbung, dachte Henk. So weiß jeder, dass hier der Uhrmacher wohnt. Er winkte ihr noch einmal zu, aber sie sah es nicht mehr.

„Komm, Liese, wir gehen, es ist schon spät. Mama macht sich bestimmt Sorgen." Henk zog Liese vorsichtig die Mütze über den Kopf, denn es war jetzt wirklich kalt draußen.

„Hat es dir gefallen bei Tante Kees?", fragte Henk. Aber er hörte Lieses Antwort nicht, denn plötzlich erregte ein Fahrrad seine Aufmerksamkeit, das ein bisschen weiter vorn in der Gasse stand. Das hatte ziemlich viel Ähnlichkeit mit dem von Jaap!

„Warte mal." Henk ließ seine Schwester kurz los und lief darauf zu. Kein Zweifel, das war es! Eigentlich war er nicht einmal überrascht, es passierten in der letzten Zeit so viele seltsame Dinge. Jaap war also in der Nähe. Aber wo?

Henk blickte sich um, aber sein Nachbarjunge war nirgends zu sehen. Konnte er bei den ten Booms sein? Henk seufzte. Alles war möglich. Vielleicht waren es Jaaps Füße gewesen, die er im Beje hatte herumlaufen hören. Mit all den Treppen, Türen und Zimmern war dieses Haus wie ein Labyrinth, in dem man herumschleichen konnte, ohne gesehen zu werden. Dumm von ihm, dass er Tante Kees nicht darauf angesprochen hatte, dass sie Jaap zugewinkt hatte, als er gestern am Rathaus vorbeigelaufen war. Aber dass sie etwas miteinander zu tun hatten, war ihm nun sonnenklar. Das konnte er auf jeden Fall in sein Detektiv-Logbuch schreiben: „Jaaps Fahrrad im *Schoutensteeg* gesehen, nahe beim Beje. Grund herausfinden!!!"

Schweigend ging er mit Liese durch die Haarlemer Straßen, an den kleinen, dicht aneinander gedrängten Häusern entlang. Es war schade, dass Anna nicht dagewesen war, aber abgesehen davon, hatte Henk einen wunderbaren Nachmittag verbracht. Es machte ihn fröhlich, als er daran dachte, wie gemütlich es gewesen war und wie freundlich Opa ten Boom gewesen war. Und dann diese beeindruckende Geschichte von Peter.

„Peter, erzähl Henk mal, was du voriges Jahr erlebt hast", hatte der alte Mann seinen Neffen aufgefordert. Peter saß am Klavier und hatte ihnen den Rücken zugewandt. Nun drehte er sich um.

„Das vom Gefängnis?"

Henk beugte sich ein Stück vor. Diese Geschichte wollte er hören.

Opa nickte. „Und das von deiner Befreiung, das ist das Beste daran."

Dann erzählte Peter, wie er am 10. Mai 1942 in einem Gottesdienst in Velsen Orgel gespielt hatte. „Dort haben sie eine wunderbare Orgel, und die Kirche war natürlich ganz voll. Alle wollten an diesem Tag beieinander sein, zwei Jahre, nachdem die Deutschen in unser Land eingefallen waren."

Sein Gesicht glühte vor Stolz, während er erzählte.

„Ich hatte mir das vorher nicht überlegt, aber als der Gottesdienst vorbei war, dachte ich, es wäre doch schön, wenn wir jetzt miteinander den *Wilhelmus*[6] singen würden. Ich stimmte also unsere Nationalhymne an, und Opa war der Erste, der aufstand und aus voller Kehle mitsang."

Opa klopfte sanft auf Henks Bein. „Es hat uns allen so gutgetan, aber es war natürlich ziemlich unbedacht von Peter." Es lag wenig Tadel in seiner Stimme, obwohl es schon seit einiger Zeit streng verboten war, den *Wilhelmus* zu singen. Henk war voller Bewunderung.

Peter hatte den Besatzern die Stirn geboten. Das war unglaublich mutig.

„Opa hat Recht, denn die Gestapo hörte natürlich davon. Am Mittwoch kamen sie, um mich abzuholen. Ehe ich

6 Die niederländische Nationalhymne (Anmerkung der Übersetzerin).

mich versah, saß ich in Amsterdam im Gefängnis. Das war kein Vergnügen, sag' ich dir."

Es wurde still im Zimmer, bis Opa sagte: „Aber der Herr hat diese zwei Monate der Gefangenschaft benutzt."

Peter nickte. „In der Zelle habe ich gemerkt, dass es mir schwerfiel, Gott zu vertrauen. Ich wusste viel über ihn, aber ich kannte ihn nicht persönlich. Meine Mutter schmuggelte mir eine Bibel in die Zelle. Als ich sie zu lesen begann, kam es mir vor, als läse ich sie zum ersten Mal. Erst da habe ich Gott richtig kennengelernt und ihm mein Leben anvertraut. Plötzlich fühlte ich mich frei, obwohl ich im Gefängnis saß."

Henk schaute Peter ins Gesicht und sah ihm an, dass es ihm ernst war mit dem, was er sagte. Aber er begriff nicht, was er meinte. Wie konnte man im Gefängnis sitzen und sich trotzdem frei fühlen?

„Was war das für ein Fest. Ja, gepriesen sei unser Herr, der solche Wunder tut!" Opa ten Boom sagte es beinah jubelnd. „Als Peter endlich wieder freikam, haben wir mit der ganzen Familie gefeiert. Seitdem haben wir unserem Wohnzimmer einen besonderen Namen gegeben. Es heißt nun ‚das Befreiungszimmer' – ist das nicht wunderbar?"

„Ja", sagte Henk zögernd. Ja, das war schön, denn jetzt war Peter wieder frei. Aber was, wenn es nicht so gekommen wäre?

Opa sah ihn eindringlich an. „Nur unser Herr kann uns wirklich frei machen, Junge. Das gilt auch für dich."

Henk war froh, dass Peter in diesem Moment laut Klavier zu spielen begann. Ihm war schleierhaft, was er darauf hätte erwidern sollen.

Es war wirklich eine besondere Geschichte, dachte Henk, während er mit Liese die Straße überquerte. Peter hatte bewiesen, dass man sich nicht einfach mit der Unterdrückung durch die Deutschen abfinden musste. Aber das würde er Mutter wohl besser nicht erzählen. Was er ihr überhaupt über heute Nachmittag erzählen würde, wusste er allerdings auch noch nicht. Er hatte noch fünf Minuten, um sich zu überlegen, wie er ihr klarmachen konnte, dass die ten Booms zwar viel über Gott sprachen, vor allem aber sehr nette Menschen waren.

Henk schob den leeren Kinderwagen über die Schwelle des Schuppens. Er hoffte, dass ihm unterwegs keine Bekannten begegneten. Sicher, es war praktisch, mit dem alten Ding Holz zu sammeln, es ging ganz schön viel hinein, damit hatte Mutter Recht. Aber es war natürlich ein komischer Anblick, es sah aus, als ob er ein Baby hätte! Trotzdem hatte er nicht protestiert, als Mutter ihn losgeschickt hatte, um im Park Anmachholz zu sammeln. Er wollte ihr ihre gute Laune nicht verderben. Gleich, nachdem Liese und er gestern nach Hause gekommen waren, hatte der Postbote einen Brief aus Deutschland in den Briefkasten geworfen. Mutter hatte mit zitternden Händen den Umschlag aufgerissen. Auf ihrem Gesicht war ein Lächeln erschienen.

„Er hat unser Päckchen bekommen, sogar die Wurst war noch drin!"

Langsam ließ sie sich auf einen Stuhl gleiten. Sie las laut weiter: „Seit kurzem muss ich nicht mehr so schwer in der Fabrik arbeiten. Jetzt kann ich wieder ein bisschen zu

Kräften kommen, und eure wunderbaren Geschenke werden mir sicher dabei helfen. Fein, dass ihr am Nikolaustag schön gefeiert habt. Natürlich habe ich euch da besonders vermisst, aber ich versuche, mich in solchen Momenten an die guten Zeiten von früher zu erinnern und die Hoffnung nicht aufzugeben. Ich lese jetzt auch regelmäßig in meiner Bibel, das gibt mir Kraft.

Henk, kümmerst du dich gut um deine Mutter und deine Schwester? Tu immer gehorsam, was Mutter von dir verlangt, damit ich stolz auf dich sein kann, wenn ich zurückkomme. Hoffen wir, dass es nicht mehr allzu lange dauert. Wenn es geht, schickt mir doch noch ein bisschen Trockenfleisch und vielleicht ein paar Gläser Marmelade. Wir bekommen hier nur trockenes Brot."

Die guten Nachrichten von Vater hatten Mutter gut getan. So kam es, dass sie nicht einmal böse wurde, als Henk ihr vorsichtig erzählte, dass sie bei Familie ten Boom gewesen waren. Hoffentlich hielt ihre gute Laune an, sodass er noch öfter ins Beje gehen konnte, ohne Schwierigkeiten zu bekommen.

Der Kinderwagen war, weil er noch leer war, ziemlich wacklig und kippte beinah um, als Henk schwungvoll um die Kurve lief. Er wollte so schnell wie möglich aus der Straße heraus, aber er musste offenbar doch etwas langsamer laufen. Das war auch besser für seine Füße, die heftig gegen die zu kleinen Schuhe protestierten.

„Ich glaub's ja nicht, Henk! Was machst du denn da?"

Henk zuckte zusammen. Das hatte ihm gerade noch gefehlt. Das heißt – natürlich wollte er Jaap unbedingt sprechen, aber nicht jetzt, wo er mit diesem Kinderwagen unterwegs war. Am besten versuchte er es mit einem Scherz. Er sah seinen Freund ernst an und piepste affektiert: „Jaap, ich muss dir etwas gestehen …"

„Aber Henk, du bist noch so jung, und ein Kind ist eine große Verantwortung." Jaap schloss zu ihm auf und blickte ihm über die Schulter in den Kinderwagen. „Die Augen hat er von dir, Junge. Was für ein süßer Kerl!" Er verpasste Henk einen kräftigen Schlag auf den Rücken, und Henk stieß ihn ebenso heftig zurück.

„Hilfst du mir jetzt, Holz zu holen, oder willst du dich nur über mich lustig machen?"

„Geht leider nicht, ich hab' noch was zu erledigen." Jaap steckte die Hände tief in die Jackentaschen und zog die Schultern hoch, um sich gegen die Kälte zu schützen.

„Soso", sagte Henk und warf ihm einen Seitenblick zu, „gehst du wieder zu deiner Freundin?"

„Nein, nein, ich muss was für meine Mutter holen."

„Ich komme noch ein Stück mit, dann können wir noch ein bisschen miteinander reden." Er hatte natürlich nicht die geringste Lust, mit seinem albernen Wagen durch die Stadt zu ziehen, aber er wollte Jaap auf die Probe stellen.

„Nee, du, ich muss ganz ans andere Ende der Stadt." Es klang lässig. Wenn Henk es nicht besser gewusst hätte, hätte er sich nichts dabei gedacht. Aber jetzt notierte er in Gedanken in sein Heft: „Mittwoch, 15. Dezember 1943: etwas am anderen Ende der Stadt erledigen." Das war ziemlich schwammig, aber das war im Moment egal. Er wollte Jaap jetzt noch nicht die Pistole auf die Brust setzen. Das passte besser zu seiner Ermittlungs-Taktik.

„Ich war übrigens gestern bei Familie ten Boom. Ganz schön nett, die Leute." Henk konnte genauso lässig reden wie Jaap. Dabei beobachtete er seinen Freund haarscharf und spitzte die Ohren, damit ihm kein leichtes Zucken, kein unwillkürlicher Seufzer entging. Aber Jaap war ein guter Schauspieler, musste Henk verwundert feststellen.

„Die ten Booms?", frage Jaap. „Wer sind die?" Er sah ihm direkt in die Augen. Henk hätte beinah an sich selbst gezweifelt, aber er wusste ganz genau, dass er Jaaps Rad dort gesehen hatte. Und Tante Kees hatte ihm zugewinkt und seinen Namen gerufen! Er wusste genug. Zweiter Eintrag in sein Heft am 15. Dezember: „Behauptet, Familie ten Boom nicht zu kennen. Lügt!"

„Na, dieses Uhrengeschäft in der *Barteljorisstraat*. Ein alter Mann mit seinen beiden Töchtern. Liese und ich waren bei ihnen eingeladen. Du darfst auch mal mitkommen, wenn du willst."

Henk musste sich zusammennehmen, um nicht laut loszuprusten. Aber Jaap blieb ganz ruhig und antwortete, dass er in der letzten Zeit sehr viel zu tun hätte.

„Aber jetzt muss ich hier links ab. Dann bis bald mal!"

Aha, die Sache begann ihm zu heiß zu werden, dachte Henk. Er winkte seinem Freund fröhlich nach und ging einen Schritt schneller. Er war beinah im Park. Das war wirklich ein informativer Spaziergang gewesen.

Jetzt stand fest, dass Jaap tatsächlich irgendwie mit dem Widerstand zu tun hatte. Nur so ließ sich sein geheimnisvolles Benehmen erklären. Aber wie passten die ten Booms in dieses Bild? Er konnte sich nicht vorstellen, dass die in der Widerstandsbewegung waren. Aber trotzdem bestand irgendeine Verbindung zwischen ihnen und Jaap. Ein interessantes Puzzle. Henk betrachtete sich jedoch mittlerweile als fähigen Detektiv und zweifelte nicht daran, dass er die Antwort auf diese Frage finden würde.

KAPITEL 10

IM ZENTRUM DES ORKANS

Noch drei Tage Schule, dann begannen die Weihnachtsferien. Henk freute sich darauf, auch wenn Weihnachten dieses Jahr wahrscheinlich noch trübsinniger sein würde als im Jahr zuvor. Auf jeden Fall war es schön, keine Hausaufgaben zu haben, dann konnte er in Ruhe sein Buch fertiglesen. Das nächste lag auch schon bereit, ihm konnte also nichts passieren. Drei Tage. Während er zur Schule trottete, rechnete er aus, dass er nur noch fünfzehn Unterrichtsstunden haben würde. Das würde er locker überstehen.

Als er in die Nähe der Schule kam, hörte er etwas Seltsames. Nein, das stimmte nicht ganz. Das Komische war gerade, dass er *nichts* hörte. Er blieb stehen und schaute zu den Kindern hinüber, die auf dem Schulhof waren. Statt des normalen Rufens und Schreiens herrschte dort eine beängstigende Stille. Als ob dieser Ort sich im Zentrum eines Orkans befände. Henk fragte sich, ob mit seinen Ohren irgendetwas nicht stimmte, aber er konnte das Klappern der reifenlosen Fahrräder auf dem Straßenpflaster hören. Mit seinen Ohren war also alles in Ordnung.

Er ging langsam weiter und betrat den Schulhof, wo die meisten Kinder in Gruppen beieinander standen und sich flüsternd unterhielten.

Es war irgendetwas geschehen, und es war nichts Gutes. Er sah es an den ernsten Gesichtern und den hilflosen Gesten.

Er fand ein paar Klassenkameraden und stellte sich zu ihnen. „Was ist passiert?“, fragte er das Mädchen neben sich.

„Hast du es noch nicht gehört? Herr van Soest ist verhaftet worden!“

Ihm war, als würde in diesem Moment eine Bombe fallen, direkt neben seinen Füßen, und den Boden aufreißen. Nein, nicht der Lehrer, schrie eine Stimme in seinem Inneren. Warum der Lehrer? Er machte den Mund auf, aber er konnte die Worte nicht aussprechen. Er starrte die anderen Kinder an und hatte Angst, dass er zu weinen anfinge. Aber es kamen keine Tränen.

Das Flüstern der Kinder um ihn herum rauschte in seinen Ohren. Der Orkan war in seine Welt eingebrochen. Die Schulglocke klingelte so unschuldig wie immer. Aber das war kein Tag wie alle anderen!

Henk wurde mitgesogen von dem Strom von Kindern, die in die Schule hineingingen, aber er kämpfte innerlich dagegen an. Er wollte es noch nicht glauben, er wollte die Wahrheit nicht akzeptieren. Es durfte einfach nicht wahr sein. Dabei spürte er, wie der Zorn in seinem Inneren langsam anwuchs. Im Flur warf er seine Mütze aufs Regal und riss sich die Jacke herunter. Ihm war danach zumute, gegen irgendetwas zu treten.

Gerrit kam atemlos in den Flur gestürzt. Auf seinen weißen Wangen waren rote Flecken.

„Was ist denn los?", fragte er keuchend. „Alle sind so still."

„Herr van Soest ist verhaftet worden", flüsterte Henk.

„Oh", sagte Gerrit. „Wie schade." Seine Stimme war laut und schien von den Fliesen des Flurs abzuprallen. Er hängte seine Jacke an die Garderobe und redete munter weiter. „Aber ich wollte dich noch was fragen, Henk."

Henk schüttelte den Kopf und drehte sich schnell um. Er musste so schnell wie möglich von diesem Blödmann wegkommen.

Im Klassenraum teilte die Lehrerin der fünften Klasse ihnen die schlechte Nachricht mit. Viel wusste sie auch nicht. Es war am Abend zuvor passiert, und jetzt war der Lehrer auf der Polizeiwache. Warum er verhaftet wurde, wusste sie nicht.

Hinter sich hörte Henk ein paar Klassenkameraden flüstern, dass der Lehrer vielleicht Juden oder Widerstandskämpfer versteckt gehalten hätte. Anscheinend hätte ihn jemand angezeigt. Es liefen einige Mistkerle in Haarlem herum, die sich gern ein bisschen zusätzliches Taschengeld verdienten, indem sie andere verrieten.

„Vielleicht ist er verhaftet worden, weil er uns verkehrte Lieder beigebracht hat?", bemerkte Gerrit. Henk sprang beinah von seinem Stuhl.

„Dann muss ihn jemand von uns verpfiffen haben."

Gerrit zuckte die Schultern. „Kann doch sein? Es war ziemlich gefährlich, was er da gemacht hat."

„Das würde niemand machen." Henk begriff nicht, wie Gerrit so etwas denken konnte. Ihm kam flüchtig der Gedanke: *Der einzige, der dazu imstande wäre, wäre Gerrit selbst* – aber das wollte er nicht denken. Gerrit war manchmal blöd und komisch, aber das traute er ihm dann doch nicht zu.

Die Lehrerin rief, dass jetzt alle still sein müssten, auch wenn sie verstände, dass sie viele Fragen hätten. Trotzdem müssten sie jetzt wieder arbeiten, meinte sie. Sie sprach ein kurzes Gebet und forderte sie dann auf, ihr Sprachbuch aus dem Ranzen zu holen. Wie wichtig war es eigentlich, fragte sich Henk, dass man wusste, wann man in einem Text einen Doppelpunkt setzte und wann ein Semikolon?

Henk hatte keine Ahnung, wie er den Morgen überstand. Er hatte nur an seinen Lehrer denken können – alles andere schien ihm total unbedeutend.

Ob er tatsächlich Leute versteckt gehalten hatte? Es konnte gut sein, denn Herr van Soest war immer nett zu allen. Aber wer sollte ihn dann verraten haben? So jemand müsste ein echter Waschlappen sein.

Oder gehörte der Lehrer selbst zum Widerstand und war bei einem Überfall geschnappt worden? Dann würden die Moffen ihn vielleicht sogar erschießen! Henks Gedanken überschlugen sich. Sie beunruhigten ihn so, dass er es kaum noch auf seinem Stuhl aushielt.

Als die Glocke ging, war er einer der Ersten, der aus der Klasse stürmte. In null Komma nichts stand er auf dem Schulhof. Frische Luft – das half ein bisschen.

Vielleicht, überlegte er, sollte er kurz zu den ten Booms gehen. Bei Opa konnte er bestimmt sein Herz ausschütten. Außerdem kannte Opa Herrn van Soest! Er hatte bestimmt schon von der Geschichte gehört, und vielleicht wussten die ten Booms ja mehr. Ja, das würde er tun.

Henk wollte gerade losrennen, als er hörte, dass jemand seinen Namen rief. Es war natürlich wieder Gerrit. Das musste jetzt wirklich nicht sein. Schnell schätzte er ab, wie groß der Abstand zwischen ihnen war, und sah sich nach einer Gasse um, in die er verschwinden konnte, aber er war nicht schnell genug.

„Warte doch!“, keuchte Gerrit ein paar Meter hinter ihm.

„Ich hab’s eilig, Gerrit.“ Henk hastete über den Schulhof.

„Dann mach ich’s kurz. Ich wollte dich fragen, ob du mal mitkommst zu einem Verein. Es ist eine Art Pfadfinderverein, echt prima“, redete Gerrit, der ihn inzwischen eingeholt hatte, atemlos auf ihn ein.

„Im Sommer machen sie Lagerfeuer, und du kriegst ’ne schicke Uniform und neue Schuhe.“

Henk brauchte nicht an sich hinunterzuschauen, um zu wissen, dass seine Schuhe ziemlich verschlissen waren. Aber er schüttelte den Kopf. „Nein, danke“, sagte er, während er den Blick starr auf das Ende der Straße gerichtet hielt.

„Sie machen auch gute Sachen, helfen beim Aufräumen nach einer Bombardierung, zum Beispiel. Wir könnten dann zusammen hingehen.“

Henk blieb abrupt stehen und sah Gerrit direkt ins Gesicht. Plötzlich begriff er, um welchen Verein es ging. „Du glaubst doch nicht im Ernst, dass ich zum *Jeugdstorm* gehe?

Der ist für die Kinder von Verrätern. Was fällt dir überhaupt ein?"

„Na, die machen tolle Sachen." Gerrit schaute ihn erwartungsvoll an. „Und da gehen nicht bloß Kinder von NSBlern hin!"

„Bestimmt nicht, Gerrit. Noch nicht mal, wenn ich Geld dafür bekäme. Und wenn du da hingehst, will ich nichts mehr mit dir zu tun haben!"

Henk schrie es Gerrit ins Gesicht. Vielleicht begriff er es so besser. Er wollte wegrennen, aber Gerrit hielt ihn am Ärmel fest. „Ich dachte, dass wir Freunde wären. Aber jetzt weiß ich Bescheid, du lässt mich einfach fallen. Dann geh doch mit deinem blöden Nachbarjungen schwimmen, wenn dir das mehr Spaß macht!"

Henk befreite sich aus seinem Griff. „Ja, früher bist du ein guter Freund gewesen. Aber jetzt will ich nichts mehr mit dir zu tun haben, Gerrit. Wie kommst du nur auf die Idee, dass ich in diesen blöden Verein will! Anscheinend stehen wir nicht auf derselben Seite. Ich bin für *Oranje*[7], merk dir das!"

So ruhig er konnte, drehte Henk sich um und ging mit erhobenem Kopf davon. Zum Glück konnte Gerrit nicht hören, wie sein Herz klopfte.

„Ich würde an deiner Stelle aufpassen, was ich sage, Henk. Vor allem mit einer Schwester wie Liese." Gerrit schrie nicht, aber Henk hatte seine Worte deutlich ver-

7 Das niederländische Königshaus „von Oranien" (Anmerkung der Übersetzerin).

standen. Er ballte die Fäuste und sagte sich selbst: „Weiterlaufen, Henk, einfach weiterlaufen!“ Wenn er sich umdrehen würde, würde er Gerrit zu Brei schlagen. Das durfte ihm nicht passieren. Seine Beine waren wie Blei, aber er setzte einen Fuß vor den anderen, bis er um die Ecke war. Dann lehnte er sich zitternd an eine Mauer.

Es schien Stunden zu dauern, bis jemand zur Tür kam.

„Wer ist da?“, ertönte Tante Beps Stimme.

„Henk, der Bruder von Liese.“

„Moment, ich mache auf.“

Nach längerem Geklapper fragte Tante Bep, ob er doch an die andere Tür kommen könnte. Henk trabte zum Geschäftseingang. „Wir waren gerade beim Mittagessen“, sagte Tante Bep lächelnd, während sie ihm die Tür aufhielt. „Komm rein.“

„Nein, dann will ich nicht stören.“ Henk hatte keine Ahnung, wie lange er an der Mauer gelehnt hatte, um wieder zur Ruhe zu kommen. Dann war er durch die Innenstadt von Haarlem geirrt, und anscheinend war es inzwischen schon Essenszeit. Er sollte eigentlich nach Hause gehen, denn Mutter wartete natürlich auf ihn.

„Das macht nichts, Henk, du bist uns herzlich willkommen.“ Tante Bep beugte sich vor und legte ihm die Hand auf den Kopf. „Hast du geweint, Junge?“, fragte sie besorgt.

Henk schüttelte den Kopf und biss sich auf die Unterlippe. Er schluckte, aber es half nichts, und ehe er sich versah, brach er in Schluchzen aus.

Ohne etwas zu sagen, nahm Tante Bep seine Hand und führte ihn ins Haus. Im Esszimmer half sie ihm, die Jacke auszuziehen, und drückte ihn auf einen Stuhl. Opa und Tante Kees begrüßten ihn und taten, als wäre es die normalste Sache der Welt, dass ein elfjähriger Junge bei ihnen am Tisch saß und weinte.

Er bekam ein sauberes Taschentuch, und Tante Kees stellte ihm einen vollen Teller hin. „Du hast bestimmt Appetit auf Tante Beps Grünkohleintopf."

Henk zog die Nase hoch und versuchte zu lächeln, was ihm auch gelang. Dann nahm er eine Gabel von dem Essen. Es schmeckte herrlich. Langsam spürte er, wie die eisige Wut in seinem Inneren verschwand. Er blickte erst wieder auf, nachdem er mit der Gabel den letzten Rest Eintopf von seinem Teller gekratzt hatte. Drei Augenpaare schauten ihn lächelnd an.

„Das war herrlich. Vielen Dank."

„Schön, dass es dir geschmeckt hat, Junge. Können wir sonst noch irgendwas für dich tun?", fragte Tante Kees ernst. Henk richtete den Blick auf die Weintrauben, die auf die Tischdecke gestickt waren. Nun musste er ihnen eigentlich von heute Morgen erzählen, aber würden sie das nicht dumm finden? Er sah das Gesicht von Herrn van Soest wieder vor sich und hörte Gerrits Drohung: „Ich würde an deiner Stelle aufpassen, was ich sage." Wieder begann er am ganzen Körper zu zittern, und er wusste, dass er es ihnen erzählen musste. Er musste es loswerden. Er holte tief Luft. „Unser Lehrer ist gestern Abend verhaftet worden. Vielleicht hat ihn jemand aus meiner Klasse verraten."

Still hörten Opa und die Tanten zu, während er erzählte, was heute Morgen in der Schule geflüstert worden war und was Gerrit gesagt hatte. Danach schilderte er das abscheuliche Gespräch nach der Schule, die Einladung zum *Jeugdstorm,* den Streit und Gerrits Bemerkung über Liese. Henk spürte, wie die Schauder über seinen Rücken liefen, während er redete. „Er hat echt gedacht, ich würde in diesen Verein gehen!“ Wie kam Gerrit bloß auf den Gedanken?

„Und dann dachte ich, wenn Gerrit zu den Verrätern will, dann könnte er auch selbst ein Verräter sein. Dann hat er seinem Vater vielleicht erzählt, dass unser Lehrer uns die englische Nationalhymne beigebracht hat, und der hat das natürlich weitergesagt. Ist das nicht schrecklich? Unser Lehrer!“ Henk sprach immer lauter. „Ich hätte Gerrit einfach zusammenschlagen sollen!“

Opa legte ihm sanft die Hand auf die Schulter. Dadurch beruhigte er sich wieder ein bisschen.

Henk schüttelte den Kopf. „Tut mir leid.“

„Dieser Krieg bringt ans Tageslicht, wozu Menschen imstande sind. Wir haben auch schon gehört, was mit deinem Lehrer passiert ist. Aber wir wissen nicht, ob es Gerrit war, der ihn verraten hat. Auf jeden Fall würde es nichts nützen, wenn du Gerrit zusammenschlägst.“ „Jedenfalls hab’ ich jetzt keinerlei Vertrauen mehr zu ihm. Glauben Sie, dass wir irgendwas tun können, um Herrn van Soest aus dem Gefängnis zu holen?“

„Sicher“, antwortete Opa ruhig, „wir können für ihn beten. Unser großer Gott hat alles in seiner Hand. Er kann Wunder tun. Lasst uns ihn darum bitten.“

Das war nicht gerade die Hilfe, an die Henk gedacht hatte, und während alle am Tisch die Hände falteten, machte er sich seine eigenen Gedanken. Vielleicht konnten sie mit der ganzen Klasse zur Polizeiwache gehen und erklären, dass sie Herrn van Soest wirklich nicht entbehren konnten. Oder er konnte Jaap fragen, ob er vielleicht Menschen beim Widerstand kannte, die den Lehrer befreien könnten. Direkt, nachdem alle „Amen" gesagt hatten, hörte man Schritte auf der Treppe. Henk drehte sich um zur Tür, aber es kam niemand herein. Tante Kees stand auf und nahm die dicke Bibel von dem niedrigen Schränkchen, das an der Wand stand. Wieder hörte Henk Treppenstufen knarren. Eine Tür quietschte, aber niemand im Raum reagierte. Trotzdem schien jemand im Haus zu sein. Vielleicht die Leute vom Geschäft, obwohl die Geräusche eindeutig von oben kamen.

Opa ten Boom öffnete das große braune Buch und begann mit deutlicher Stimme zu lesen. Henk kannte das noch von früher, von Opa und Oma. Die lasen nach dem Essen auch immer in der Bibel. Auch wenn er die Worte nicht wirklich verstand und es ziemlich lang dauerte, fand er es doch schön. Es war wie ein starker Strom, der einen ruhig machte, wenn man am Ufer saß und das Wasser vorbeifließen sah. Zum Glück fragte Opa ten Boom sie hinterher nicht ab, so wie der Lehrer es oft machte, um zu überprüfen, ob man auch gut zugehört hatte.

„So, legst du sie bitte weg, Junge?" Opa reichte ihm die Bibel und Henk legte das Buch zurück an seinen Platz, neben das dreieckige Alpina-Schild, das er zuvor im Fenster hatte stehen sehen.

Das Weglegen der Bibel schien eine Art Startschuss zu sein, denn direkt danach klingelte es, und bald ging es im Beje wieder so hoch her wie beim letzten Mal.

Es war eigentlich höchste Zeit, dass er nach Hause ging, er würde bestimmt Ärger mit Mutter bekommen. Aber gerade, als er seine Jacke nehmen wollte, kam Anna ins Esszimmer. Schnell strich Henk sich das Haar zur Seite. Er hoffte, dass seine Augen nicht mehr rot und dick waren.

„Hallo“, sagte er fröhlich, als Anna vor ihm stand und ihn erstaunt ansah.

„Du bist tatsächlich gekommen?“

„Ja, ich hab’ die Herausforderung angenommen. Du hattest Recht: Hier ist es echt nett.“

KAPITEL 11

TEN BOOM MIT EINEM DICKEN STRICH DARUNTER

Kleine weiße Flocken tanzten vor seinem Fenster. Sie bedeckten die roten Dächer in der Nachbarschaft mit einer dünnen, wolligen Schicht, und für einen Moment sah alles sehr friedlich aus.

Aber es war Krieg, und jetzt hatte er auch noch Krach mit Mutter. Sie hatte ihm nicht einmal Zeit gegeben, alles zu erklären. Noch bevor er ihr von Herrn van Soest und Gerrit erzählen konnte, hatte sie ihm schon einen kräftigen Hieb auf den Po versetzt. Dann hatte sie ihn schweigend zur Treppe gewiesen, und er war schnell nach oben gerannt.

Wer weiß, wie lange er nun mit einem schmerzenden Hinterteil auf seinem Bett sitzen und in den grauen Himmel starren musste? Einen Vorteil hatte das Ganze allerdings: Jetzt hatte er Zeit, um sein Detektiv-Logbuch auf den neusten Stand zu bringen. Es war wieder viel passiert.

Er nahm das Heft vom Regal und beschloss dabei, es besser zu verstecken. Mutter kam so oft in sein Zimmer, sie konnte es einfach in die Hand nehmen und lesen. Das wollte er natürlich nicht.

Sein Bleistift begann schon ziemlich klein zu werden. Das war ärgerlich, denn es war sein letzter, und auch die Bleistifte wurden knapp.

Er blätterte durch sein Heft und begann eine neue Seite. *„Familie ten Boom"* schrieb er und machte einen dicken Strich darunter.

Bis vor kurzem war er davon überzeugt gewesen, dass sie nichts mit dem Widerstand zu tun haben konnten, aber nach heute Nachmittag war er da nicht mehr so sicher. Erst diese Geräusche im Haus, die außer ihm niemand zu hören schien. Dann das Gespräch mit Anna, als sie in der Küche beim Abwaschen waren. Er hatte ihr von Herrn van Soest und Gerrit erzählt. Sie fand es auch schrecklich und warnte ihn, dass er mit Gerrit bloß vorsichtig sein sollte. Das hatte er sich zwar selbst schon gedacht, aber es zeigte ihm auf jeden Fall, dass sie begriff, worum es ging.

Dann hatte er ihr anvertraut, dass er Jaap einschalten wollte, um den Lehrer zu befreien.

„Warum ihn?", hatte Anna gefragt, während sie einen Teller abbürstete.

Henk war ganz nah an sie herangetreten. „Ich vermute, dass er im Widerstand ist", hatte er geflüstert.

Danach hatte er ihr von dem Brief erzählt, von Jaaps Ausreden und dass Tante Kees ihm zugewinkt hatte, von dem Fahrrad in der Gasse und der Tatsache, dass Jaap abgestritten hatte, sie zu kennen.

„Ich kenne noch nicht alle Einzelheiten, aber ich werde schon noch dahinterkommen", schloss er triumphierend. „Aber jetzt, wo das mit unserem Lehrer passiert ist, muss ich vielleicht die Karten auf den Tisch legen. Ich sage Jaap einfach, dass ich weiß, was los ist, und dass er helfen muss."

Henk wartete kurz darauf, dass Anna reagierte, aber sie tauchte einen neuen Teller ins Spülwasser und schrubbte eifrig weiter.

„Dann ist er bestimmt so verblüfft, dass er mir eine ehrliche Antwort gibt. Er hat auch bei Herrn van Soest Unterricht gehabt, darum will er ihm bestimmt helfen."

Henk stellte einen Stapel saubere Teller in den Küchenschrank und lehnte sich an die Anrichte. Er sah sich schnell um. Es war niemand in der Nähe. „Was denkst du, Anna, kennen Tante Kees und Jaap sich? Hat deine Familie auch etwas mit dem Widerstand zu tun?"

Die Spülbürste lag ruhig im Wasser, und Anna wandte Henk das Gesicht zu. Sie schaute ihn lange an und sagte dann leise: „Ich denke, dass du nicht so neugierig sein solltest. Es ist Krieg, Henk, weißt du?"

Er spürte, wie seine Wangen sich vor Scham röteten. Er wollte etwas antworten, zum Beispiel, dass sie nicht so zickig zu sein brauchte, aber er brachte keinen vernünftigen Satz heraus. „Na ja … ich …", stammelte er. Weiter kam er nicht.

Ich hab's versaut, dachte er. *Ich hab's komplett versaut!* Ihm war ganz elend. Er fühlte sich wie ein kleines Kind, das in die Ecke gestellt worden war. Er begann, das Geschirrtuch zusammenzufalten, aber Anna stellte noch einen nassen Teller auf die Anrichte. Er wäre am liebsten weggelaufen. Er wischte flüchtig über den Teller. Richtig trocken wurde er nicht, denn das Geschirrtuch war inzwischen klatschnass.

„Soll ich es neben den Ofen hängen?“ Er hielt das Tuch hoch.

Anna zeigte auf einen kleinen Ständer und schüttete das schmutzige Wasser in den Ausguss. „Ich hab’ das nicht böse gemeint, aber du musst wirklich ein bisschen besser aufpassen, was du sagst.“

„Tut mir leid.“ Henk hängte das Geschirrtuch über den Ständer. Er wagte nicht, Anna anzuschauen.

„Wie schön, dass ihr den Abwasch gemacht habt, Kinder.“ Tante Bep kam in die Küche und klopfte ihnen auf die Schulter. „Ihr zwei versteht euch gut, nicht wahr?“

Anna begann zu lachen – so warm und lieb, dass Henk vergaß, was gerade passiert war.

„Ja, Tante. Ich hatte eben daran gedacht, ihn zu fragen, ob er zu Weihnachten mit in die Kirche gehen will. Am ersten Weihnachtsfeiertag spielt die Heilsarmee morgens Weihnachtslieder in der Sankt-Bavo-Kirche. Das ist immer so schön. Kommst du mit, Henk?“

Henk schüttelte lächelnd den Kopf, als er wieder in seinem Zimmer war und an das Gespräch zurückdachte. Nun musste er doch früh aufstehen in den Ferien. Vorausgesetzt, dass seine Mutter es erlaubte.

Familie Ten Boom auch beim Widerstand?, schrieb er in sein Heft.

1. Komische Geräusche im Haus.

2. Annas Bemerkung.

Er dachte an das rote Dreieck, dieses sonderbare Reklameschild von Alpina. Auch damit hatte es irgendeine Bewandtnis. Als er – viel zu spät – nach Hause ging, hatte er gesehen, wie Tante Kees das Ding wieder auf die Fensterbank stellte. Warum wurde das Schild immer wieder umgestellt?

3. Alpina-Schild, lautete seine dritte Anmerkung zu Familie Ten Boom.

Er schob das Heft unter seine Matratze und ließ sich hintenüber aufs Bett fallen. Ja, das Ganze kam ihm wie ein Abenteuer vor – richtig spannend. Wenn er nun Recht hatte und Jaap und Familie ten Boom tatsächlich im Widerstand waren? Er dachte an Herrn van Soest und an die Geschichte von Peter. Die Besatzer waren nicht dumm, die machten keine halben Sachen. Vielleicht hatte Anna tatsächlich Recht, und er sollte wirklich nicht so neugierig sein. Aber er schadete doch niemandem mit seiner Detektivarbeit? Wer weiß, vielleicht konnte er noch einen Beitrag leisten und selbst etwas gegen die deutschen Besatzer und die niederländischen Verräter tun!

KAPITEL 12

ÜBERRASCHENDE ENTDECKUNG

Der Wind pfiff ihm um den Kopf und zerrte an seinem Fahrrad. Henk klammerte die Hände fest um den Lenker, um nicht vom Weg hinuntergeweht zu werden. Er kniff die Augen zu schmalen Schlitzen zusammen, um sie vor den kleinen, messerscharfen Schneeflocken zu schützen, die ab und zu von oben auf ihn abgefeuert wurden. Er brauchte nicht auf die Uhr zu schauen, um zu wissen, dass er sich beeilen musste. In ein paar Minuten war Sperrstunde, dann musste er zu Hause sein. Normalerweise würde er es sicher schaffen, aber bei diesem Gegenwind war es schwierig. Hier auf dem freien Feld außerhalb der Stadt tobte er ungebremst. Immerhin war er nicht umsonst unterwegs: In seinem Fahrradkorb befanden sich lauter leckere Sachen für ein weihnachtliches Festessen. Mutter hatte ihn losgeschickt, um bei einem Bauern Essen zu holen, und die Bäuerin hatte ihm den Korb vollgemacht. Er hatte sogar einen Becher frische Milch bekommen und sich dabei noch nett mit der Bäuerin unterhalten, aber dafür musste er jetzt büßen. Seine Hände waren inzwischen halb erfroren, trotz der Handschuhe, die Mutter ihm mitgegeben hatte. Seine Beine bewegten sich automatisch auf und ab, ohne dass er sie noch spürte.

Er dachte an die vergangenen Schultage, und seine Wut verlieh ihm eine Extraportion Kraft zum Radfahren. Seit vorgestern hatte Gerrit ihn zu seinem Feind erklärt, und das ließ er ihn auch spüren. Andere merkten nichts davon, so schlau war Gerrit schon. Er sagte nur: „Und, wie geht es deiner Schwester? Warum ist sie eigentlich nicht in der Schule? Ach so, sie ist ein bisschen zurückgeblieben, nicht wahr?"

Henk musste sich zwingen, ihn zu ignorieren, aber es kostete ihn furchtbar viel Kraft. Wie froh würde er sein, wenn endlich Ferien waren.

Er bog rechts ab und sah nun in der Ferne die Stadt liegen, ein verschwommener dunkler Fleck vor dem grauen Himmel. Nur noch ein paar Kilometer. Wenn er doch mal mit Jaap reden könnte, der würde ihm bestimmt einen guten Rat geben. Aber er bekam ihn einfach nicht zu fassen. Er war nie zu Hause, wenn Henk klingelte. Vollkommen sinnlos. Was hatte man von solch einem Freund? Sie machten eigentlich kaum noch etwas zusammen, und er war auch nicht da, wenn man ihn brauchte.

Henk stellte sich auf die Pedale. Er kam kaum noch vorwärts – vielleicht sollte er besser schieben. Aber dann kam er zu spät, und Mutter würde wieder böse auf ihn sein. Nach dem Zimmerarrest neulich hatte er sich entschuldigt. Er hatte von Herrn van Soest und Gerrits „Pfadfinderverein" erzählt, und sie hatten sich wieder vertragen. Danach hatten sie zu dritt Kugeln an den Weihnachtsbaum gehängt und Kerzen angezündet. Alles schien wieder ganz normal zu sein, auch wenn Vater nicht dabei war.

Endlich erreichte er den Stadtrand und brauchte nicht mehr so heftig gegen den Wind anzukämpfen. Es war ruhig auf der Straße, und fast alle Fenster waren bereits verdunkelt. Er nahm die Brücke über die *Spaarne,* bog links ab in die *Gedempte Oude Gracht* und dann rechts ab in die *Grote Houtstraat.* So konnte er noch kurz durch die *Barteljorisstraat* fahren.

Er verlangsamte das Tempo, während er am Uhrengeschäft der ten Booms vorbeiradelte. Auch da waren die Fenster bereits verdunkelt, aber im Haus war es sicher hell und gemütlich. Im *Schoutensteeg* sah er etwas glänzen. Im Dämmerlicht erkannte er die Konturen eines Fahrrads.

Sofort trat er auf die Bremse und drehte sich um. Er musste doch schnell nachsehen, ob das zufällig wieder das Fahrrad von Jaap war.

Plötzlich hörte er in Gedanken Annas Stimme: *Ich denke, dass du nicht so neugierig sein solltest.*

Nur kurz gucken, mehr nicht, dachte Henk, aber er hielt inne. *Es ist Krieg, Henk, weißt du?*

Ja, das wusste er allerdings. Er wollte nur kurz nachsehen, ob es Jaaps Fahrrad war, dadurch kam niemand zu Schaden. Es kostete höchstens eine Minute, danach war er in fünf Minuten zu Hause.

Er stellte einen Fuß aufs Pedal und stieß sich ab. Ein paar Meter weiter vorn bog er in die Gasse ein. Er konnte sich im Nachhinein nicht mehr richtig erinnern, wie es genau passierte, aber plötzlich stieß er gegen irgendetwas und verlor das Gleichgewicht. Er spürte, wie das Rad unter ihm vorwärtsschoss, und wollte schnell sein Bein wegziehen, aber das gelang ihm nicht. Im nächsten Moment stürzte er zu Boden. Mit einem Knall schlug er gegen einen metallenen Abfalleimer, der daraufhin mit viel Getöse über das Pflaster rollte.

Ein paar Sekunden lang wurde es dunkel um ihn her. Dann sah er plötzlich kleine Sternchen, aus denen nach und nach ein starker Lichtstrahl wurde.

„Was ist denn passiert?“, erklang eine besorgte Stimme hinter dem Lichtstrahl. Er kannte diese Stimme, aber er konnte nicht antworten. Das Rad lag auf seinem Bauch, und er spürte einen heftigen Stich in seinem Knöchel. „Au, au!“, war das Einzige, was er sagen konnte – als ob er ein kleines Kind wäre.

Er wollte sich bewegen, irgendetwas tun, um die Stiche in seinem Bein loszuwerden, aber es gelang ihm nicht.

„Warte, warte!“ Der Lichtstrahl verschwand, und nun waren nur noch zwei Hände und eine Stimme da. Es war Tante Bep, jetzt begriff er es. Sie begann an dem Rad zu zerren und ging dann weg, um kurz darauf mit Tante Kees zurückzukommen.

Zusammen halfen sie ihm ins Haus, schleppten ihn die Treppe hinauf und trugen ihn in das große, helle Wohnzimmer, wo sieben neugierige Augenpaare ihn anschauten. Das Zimmer war voller Menschen, die jetzt alle sehen konnten, was für ein riesiger Trottel er war. Entkommen konnte er nicht. Alles, was er herausbringen konnte, war: „Es tut mir leid. Es tut mir leid.“

Er hätte nicht nachschauen dürfen, er hätte weiterfahren sollen. Wenn er doch auf Annas Stimme gehört hätte.

Tante Bep nahm sein Bein und legte es vorsichtig auf einen Hocker. „Es ist nicht gebrochen, glaube ich, aber ziemlich stark geprellt."

„Ich muss nach Hause, zu meiner Mutter."

„Das wird schwierig, Junge, jetzt ist Ausgangssperre." Erschrocken wandte Henk den Kopf in die Richtung, aus der die Stimme gekommen war. Auch das noch. „Jaap", seufzte er und ließ den Kopf hängen.

„Jaap, ihr habt doch Telefon zu Hause, nicht?", fragte Tante Kees, während sie vorsichtig nasse Tücher um Henks Knöchel wickelte.

„Ja, ich rufe meinen Vater an und bitte ihn, Henks Mutter zu sagen, dass er hier ist." Erstaunt blickte Henk Jaap nach, der schon die Wendeltreppe hinunterging. Er wusste nicht, dass seine Nachbarn Telefon hatten. Aber mittlerweile war ihm klar geworden, dass es vieles gab, was er nicht wusste. Tante Kees setzte sich neben ihn. Sie sagte ernst: „Jaap meint, wir könnten dir vertrauen."

Henk folgte dem vielsagenden Blick von Tante Kees, die im Zimmer umherblickte. Sie hatten in der Tat ziemlich viel Besuch in Anbetracht der Tatsache, dass Ausgangssperre herrschte. Aber was genau meinte sie?

Auf dem Klavier sah er einen Kerzenleuchter stehen. Es war ein besonderer Leuchter. Er war unten gebogen und hatte neun Arme mit Kerzen, von denen jetzt sechs brannten. Er erinnerte sich, dass Herr van Soest ihnen ein Bild von solch einem Kerzenleuchter gezeigt hatte, als es um die

Geschichte des Volkes Israel ging. Es war ein jüdischer Kerzenleuchter, der für besondere Feste benutzt wurde. Aber die ten Booms waren doch keine Juden? Dann wären sie schon längst untergetaucht oder würden im Gefängnis sitzen.

Henk sah Tante Kees an und zog fragend die Schultern hoch. Worum ging es hier genau? War das eine Widerstandsgruppe, zu der Jaap gehörte, oder … nein … Moment mal. Das waren Leute, die untergetaucht waren!

Links von ihm saß ein junger Mann, der aufgeregt mit Opa redete. Das war ganz bestimmt ein Jude mit seinen dunklen Haaren und seiner auffälligen, leicht gebogenen Nase. Er musterte die Anwesenden der Reihe nach, aber nicht alle sahen typisch jüdisch aus.

Tante Kees legte eine Hand auf seinen Arm. „Verstehst du, worum es geht?"

Jaap setzte sich zu ihnen und sah ihn herausfordernd an. „Ja, Schnüffelnase, kapierst du jetzt, was los ist?"

Wenn Tante Kees nicht dabei gewesen wäre, hätte er Jaap eine runtergehauen. Er schüttelte den Kopf und spürte den Schmerz wie einen Stich durch seinen Knöchel fahren. Nicht zu viel bewegen!

„Ihr habt Leute versteckt?"

Jaap streckte den Daumen nach oben.

„Aber du bist doch nicht untergetaucht?", fragte Henk.

„Aber Untergetauchte müssen essen, darum brauchen wir Lebensmittelkarten und Leute, die sie uns besorgen", antwortete Tante Kees an seiner Stelle. „Jaap hilft uns dabei." Auf Jaaps Gesicht erschien ein Anflug von Stolz.

„Und natürlich auch viele andere." Tante Kees stand auf, um ein frisches kaltes Tuch zu holen.

Henk musste das alles erst verarbeiten. Er wusste nicht, wonach er zuerst fragen sollte. „Also hatte ich Recht mit meiner Vermutung wegen dem Widerstand. Ich wusste, dass du bei irgendwas mitmachst und dass es mit Familie ten Boom zu tun hat. Als ich vorgestern hier war, habe ich auch verdächtige Geräusche gehört. Und Anna hat gesagt, dass ich nicht so neugierig sein sollte." Er zählte seine Beobachtungen noch einmal auf, wie um sie sich selbst erneut bewusst zu machen.

„Außerdem hast du dich ziemlich komisch benommen, als wir dir auf dem Markt begegnet sind und dich mit diesem Mädchen gesehen haben."

„Ja", antwortete Jaap. „Da hab' ich mich schön erschreckt. Ich wusste nicht, dass du Tante Kees kennst. Das Mädchen ist übrigens nicht meine Freundin."

„Jaja, ich hab' schon gemerkt, dass du ziemlich gut lügen kannst!"

„Genau, und das musst du jetzt auch lernen, denn was du hier alles siehst, darfst du niemandem weitersagen, das ist dir hoffentlich klar. Darüber machen wir uns jetzt, ehrlich gesagt, ziemliche Sorgen."

Henk nickte ernst, er begann Annas Bemerkung immer besser zu begreifen. Er musste sehr vorsichtig sein. Das Leben dieser Menschen stand auf dem Spiel.

„Zum Glück wissen wir, dass Engel um unser Haus herum sind, die uns beschützen", sagte Tante Kees, während sie sich weiter mit seinem Knöchel beschäftigte. Henk biss die Zähne zusammen vor Schmerzen.

„Der Herr beschützt uns. Er schickt uns diese Menschen über den Weg, die Kinder seines geliebten Volks, damit wir für sie sorgen. Und er sorgt für uns. Ach Henk, wir haben so viele Wunder erlebt."

„Sind das alles Juden, die hier sitzen?", erkundigte sich Henk.

„Nein, auch Männer, die nicht in Deutschland arbeiten wollen. Und Leute vom Untergrund. Komm, ich stelle sie dir alle vor."

„Gerade, als Tante Kees die Runde machen wollte, flüsterte einer der Jungen ihr etwas ins Ohr.

„Aber wir können ihm vertrauen", hörte Henk sie leise sagen.

„Je weniger er weiß, desto besser für uns alle, Tante Kees."

„Stimmt. Henk", wandte sie sich dann wieder an ihn, „das sind unsere hoch geschätzten Gäste. Wir feiern in diesen Tagen gemeinsam mit unseren jüdischen Freunden Chanukka, das Lichterfest, und sie feiern bald mit uns Weihnachten. Leute, das ist Henk."

Henk hob kurz die Hand. Danach achteten sie zum Glück nicht weiter auf ihn.

KAPITEL 13

AUF DEM GEPÄCKTRÄGER

Hast du heute Nacht ein bisschen schlafen können?", fragte Jaap ihn am nächsten Morgen.

„Nein, so gut wie gar nicht. Mein Knöchel hat schrecklich wehgetan, und ich bin's auch nicht gewöhnt, mit so vielen Leuten in einem Zimmer zu schlafen." Jaap hatte gestern Abend mit Henks Mutter vereinbart, dass er bei den ten Booms übernachten sollte. So geriet er nicht dadurch in Gefahr, dass er nach der Sperrstunde noch im Freien unterwegs war.

Zwei junge Männer hatten ihm nach oben geholfen und schnell eine Matratze für ihn bereitgelegt. Jaap war weggegangen, um einen Auftrag für Tante Kees zu erledigen. Beinah hätte Henk gefragt, worum genau es sich handelte, aber ihm fiel gerade noch rechtzeitig ein, dass er das nicht zu wissen brauchte. Er brauchte auch sein Detektiv-Logbuch nicht mehr und würde es so schnell wie möglich verbrennen, wenn er wieder zu Hause war. Je weniger irgendwo schriftlich festgehalten war, desto besser.

„Es ist mir echt peinlich, dass ihr so viel Arbeit mit mir habt“, hatte er geflüstert, als er schließlich in seinem Bett lag in diesem dunklen Schlafzimmer voller anderer Jungen und Männer.

„Hier übernachten so oft Gäste, das sind wir schon gewöhnt“, antwortete einer von ihnen.

„Manchmal liegt jede Nacht jemand anders neben mir, der dann am nächsten Tag wieder weiterzieht zu einer anderen Adresse. Wir haben hier schon alles gehabt: alte Leute, Babys, reiche Juden, denen alles weggenommen wurde, und arme Schlucker. Im Haus ten Boom findet jeder Zuflucht.“

Es klang spannend und aufregend, aber auch lebensgefährlich.

„Und was, wenn es eine Razzia gibt?“, flüsterte er im Dunkeln.

„Wir haben eine Alarmanlage. Wenn die losgeht, müssen wir in sechzig Sekunden in unserem Versteck sein“, antwortete der Junge direkt neben ihm.

„Wow, das ist echt wenig Zeit. Und wo ist dieses Versteck?“

Den anderen war es lieber, dass Henk das nicht erfuhr, aber sie erzählten ihm, dass sie nach jeder erfolgreichen Probealarm-Übung echte Windbeutel bekamen. „Also verstehst du bestimmt, dass wir ganz verrückt sind nach diesen Übungen.“

Henk zog die dünne Decke ein bisschen höher und hoffte, dass es in dieser Nacht keinen Alarm geben würde. Ein Windbeutel wäre natürlich herrlich, aber er wüsste gar nicht, was er tun sollte. Er lauschte auf die Geräusche im Haus.

In den anderen Zimmern waren ein paar Frauen noch damit beschäftigt, Betten zurechtzumachen. Sie sprachen leise, aber die Wände waren dünn. Unten hustete jemand, auf der Treppe waren schnelle Schritte zu hören, und in dem kleinen Waschraum putzte sich jemand die Zähne. Irgendwie war es richtig gemütlich. Genau wie heute Abend, hatte er gedacht. Sie hatten zusammen Lieder gesungen, Musik gemacht und gelacht. Es ging hier so fröhlich zu, dass man gar nicht auf die Idee gekommen wäre, dass hier Verfolgte versteckt wurden.

Trotzdem konnte Henk sich auch vorstellen, dass es einen manchmal verrückt machte, so nah aufeinander zu sitzen. Er konnte morgen früh wieder nach Hause, aber die meisten anderen hatten diese Möglichkeit nicht.

Der Morgen war schneller gekommen, als er erwartet hatte, zumal er seinem Gefühl nach nur ein bisschen gedöst hatte. Nach dem Frühstück war Jaap wieder aufgetaucht, und Henk hatte sich von allen verabschiedet. Er konnte heute nicht zur Schule, dazu tat sein Fuß zu sehr weh. Tante Kees hatte ihm auf den Gepäckträger von Jaaps Fahrrad geholfen. Den Korb mit dem Essen vom Bauern musste er auf den Schoß nehmen, und so schob Jaap ihn nach Hause.

Als sie die kleine Gasse entlangliefen, blickte Henk sich um zum Fenster des Esszimmers, wo sie soeben noch zu zehnt um den Frühstückstisch herum gesessen hatten. Das kleine Alpina-Schild stand im Fenster, vor dem dicken Vorhang, der neugierige Blicke abwehrte.

Henk lächelte. Heute Morgen hatte er gehört, was dieses Schild bedeutete: *Die Luft ist rein, komm ruhig herein.* Es war jetzt sicher im Haus. Wenn das Schild dort nicht stand, ging man besser weiter. Ein praktisches Signal für alle Helfer von Tante Kees.

„Du hast bestimmt gehört, dass Herr van Soest festgenommen wurde?" Sie waren allein auf der Straße, aber trotzdem sprach Henk so leise wie möglich.

Jaap nickte. „Sie haben ihn ins Lager nach Amersfoort gebracht."

Henk zuckte zusammen. „Woher weißt …" Er vollendete seinen Satz nicht. Es war besser, wenn er das nicht erfuhr.

Ein Lager, das war ja schrecklich! „Kann der Widerstand ihn nicht befreien?" Wenn sein Fuß nicht so wehgetan hätte, wäre er jetzt vom Rad gesprungen und losgerannt, um … um … Ja, er wollte etwas tun, aber was *konnte* er tun? Wie ernst ihre Lage war, war ihm in den letzten Tagen zutiefst bewusst geworden. Die Moffen machten keine halben Sachen, und Widerstand konnte nur insgeheim und unter größter Vorsicht stattfinden, das wusste er nun.

„Weißt du, wie viele Menschen verhaftet worden sind und befreit werden müssten?", antwortete Jaap.

Er hatte Recht. Aber überhaupt nichts zu tun, war so … frustrierend. Es machte Henk so wütend, dass diese Deutschen einfach machen konnten, was sie wollten. Und nicht nur die Deutschen – auch die niederländischen Verräter, die mit deutschen Besatzern kollaborierten. Das waren wirklich die Schlimmsten.

„Erinnerst du dich noch an den Jungen aus dem Schwimmbad? Gerrit? Meiner Ansicht nach hat er unseren Lehrer verraten. Wir haben im Unterricht manchmal die englische Nationalhymne gesungen, um uns Mut zu machen. Ich glaube, er hat das weitererzählt. Er ist so ein Mistkerl. Er hat mich sogar eingeladen, mit ihm zum *Jeugdstorm* zu gehen."

Jaap sah sich zu ihm um. „Sind seine Eltern NSB-ler?"

„Keine Ahnung, aber ich wollte natürlich nicht zu seinem tollen Pfadfinderverein, und jetzt nervt er mich die ganze Zeit. Er macht laufend blöde Bemerkungen wegen Liese."

„Nimm dich besser vor ihm in Acht." Das Rad holperte über die glatten Pflastersteine, und sie bogen links ab.

„Ich hab' keine Angst vor Gerrit. Er hat bloß eine große Klappe."

„Unterschätz diese Kerle nicht. Du hast selbst gesagt, dass du befürchtest, dass er Herrn van Soest verraten hat", warnte ihn Jaap. „Außerdem musst du ab sofort besonders vorsichtig sein. Mit dem, was du über Familie ten Boom weißt, kannst du viele Menschen in Gefahr bringen."

Es war gut, dass er Jaap zum Freund hatte, dachte Henk, denn er musste noch viel lernen. Er nahm sich vor, ein guter, aufmerksamer Schüler zu sein.

„Ich werde aufpassen", sagte er. „Und ich hab' gedacht, wenn du mal wieder was zu tun hast, will ich das gern für dich erledigen."

„Wie meinst du das?"

„Na, für den Widerstand. Ich will auch gern mithelfen."

Jaap schüttelte entschieden den Kopf. „Kommt überhaupt nicht in Frage. Du musst für deine Mutter und deine Schwester sorgen. Im Übrigen kannst du in der nächsten Zeit sowieso nirgends hingehen mit diesem Fuß."

Da hatte Jaap natürlich Recht, sein geschwollener Knöchel würde ihn in den nächsten Tagen ans Haus fesseln.

Plötzlich wurde ihm klar, das bedeutete auch, dass er Anna verpassen würde, morgen früh in der Sankt-Bavo-Kirche. Mist, daran hatte er noch nicht gedacht. Er musste es irgendwie schaffen, Mutter und Liese dorthin zu bekommen, dann konnte er hinten aufs Rad, so wie jetzt. Liese war kein Problem, aber mit Mutter würde es schwieriger werden. Darüber musste er noch gut nachdenken, wenn er zu Hause war. Er durfte Anna natürlich nicht enttäuschen.

KAPITEL 14

VERFOLGT

„Du schummelst!" Anna wies mit anklagendem Zeigefinger auf Henk und sah ihn mit zusammengekniffenen Augen an. „Das war überhaupt keine Sechs!"

„War es wohl, zum Schluss ist er auf die Sechs gefallen, stimmt's, Liese? Da ist eine Falte in der Tischdecke, daran liegt das." Sie sahen Liese an, die sich lächelnd hin und her wiegte.

„Sie schüttelt eindeutig den Kopf, guck doch, also ist sie meiner Meinung." Anna nahm Henk den Würfel aus der Hand und würfelte schnell. „Wenn du schummelst, bin ich dran."

Henk schlug mit der Hand auf den Tisch, und Mutter, die dabei war, Bohnen zu putzen, ermahnte ihn, sich nicht so aufzuregen.

„Warum hilfst du mir nicht, Liese?"

Anna rückte ihre rote Spielfigur auf dem Mensch-ärgere-dich-nicht-Spiel vor. „Ich hab' schon drei Männchen im Häuschen. Du holst mich nie mehr ein."

„Na, Liese, versuchst du dann, sie zu schlagen?“ Henk nahm die Hand seiner Schwester und tat, als würde sie den Würfel werfen. „Ja, echt eine Sechs! Dein letztes Männchen kommt aufs Spielfeld. Du musst unsere Familienehre retten. Und du darfst noch mal würfeln.“

„Wie gut du das machst, Liese“, sagte Anna und streichelte der Kleinen über den Arm. „Du wirst uns noch alle schlagen!“

„Schön, dass du da bist, Anna.“ Mutter verstaute die Bohnen in einer Schublade. „Weißt du schon, wann deine Schule wieder anfängt?“

„Nein, die Deutschen haben das ganze Gebäude beschlagnahmt. Wenn sie neue Räume für uns gefunden haben, bekommen wir Bescheid. Ich hab’ mittlerweile richtig Lust, wieder zur Schule zu gehen.“

„Du bist hier jederzeit willkommen, wenn dir langweilig ist. Liese hat dich schon richtig ins Herz geschlossen.“

Mutter hatte sich überreden lassen, am ersten Weihnachtsfeiertag doch mit in die Kirche zu gehen. Dort hatte sie Familie ten Boom und Anna kennengelernt. Zu Henks Erleichterung hatte sie danach gesagt, dass sie „ziemlich in Ordnung“ wären. Liese durfte nun sogar zu dem besonderen Gottesdienst von Tante Kees. Manchmal half Anna dort auch mit. Darum machte es Henk überhaupt nichts aus, seine Schwester hinzubringen.

„Sie ist so ein kleiner Schatz.“ Anna zog die Decke, die über Lieses Beinen lag, ein Stück höher. „Man sieht richtig, wie es ihr gefällt, wenn Tante Kees Geschichten aus der Bibel erzählt.“

„Manchmal summt sie hier zu Hause vor sich hin“, sagte Mutter, „sie bekommt auf jeden Fall einiges mit.“

Henk war froh, dass Mutter sich so gut mit Anna verstand, aber eigentlich wartete er darauf, dass sie sie mal ein bisschen allein ließ. Er wollte Anna nämlich noch wegen etwas fragen, das gestern passiert war, als er Liese bei den ten Booms abgeholt hatte. Etwas, das Mutter lieber nicht hören sollte.

Aber Mutter fand es anscheinend äußerst gemütlich, und dieses endlose Spiel stellte seine Geduld ziemlich auf die Probe. Er musste wohl eine andere Strategie einschlagen.

„Übrigens, Anna, ich hab' auf meinem Zimmer eine Europakarte. Da kann man sehen, wie weit die Alliierten schon vorgerückt sind. Die hab' ich mit Jaap gemacht. Willst du sie mal sehen?“

Erstaunt sah sie ihn an. „Willst du nicht fertigspielen?“

„Ach, ich hab' doch eh keine Chance. Du hast gewonnen.“

„Na, du bist aber ein schlechter Verlierer, Henk.“ Jetzt mischte Mutter sich auch noch ein – das hatte ihm gerade noch gefehlt. „Nun spiel schon ordentlich fertig, komm.“

Henk grollte innerlich. Warum musste sie ihm jetzt in die Quere kommen? Er versuchte, Anna heimlich einen eindringlichen Blick zuzuwerfen, ihre Aufmerksamkeit zu erregen. Er musste sie so unauffällig wie möglich in sein Zimmer locken.

„Vielleicht findet Anna das Spiel ja inzwischen genauso langweilig wie ich. Ich will ihr einfach mal mein Zimmer zeigen.“ Währenddessen sah er sie die ganze Zeit verschwörerisch an und hoffte, dass sie ihn verstand.

„Soweit ich weiß, hast du noch nicht mal dein Bett gemacht. Ihr zwei bleibt schön hier."

Plötzlich sah er Annas Augen aufleuchten, sie hatte begriffen. „Also das stört mich gar nicht. Ich würde mich freuen, Henks Zimmer zu sehen. Das Spiel wird allmählich wirklich ein bisschen langweilig."

„Sie kann dann ja mein Bett machen", sagte Henk und sprang auf. Anna protestierte, ließ sich jedoch lachend mitziehen.

„Also, jetzt räumt aber wenigstens noch das Spiel weg", hörten sie Mutter rufen.

„Ja, machen wir gleich", rief Henk von der Treppe herunter zurück. Er war heilfroh, dass sie entkommen waren. „Und dann geh' ich auch Kohlen holen."

Er zog die Tür energisch hinter sich zu und horchte noch eben mit einem Ohr, ob Mutter nicht zufällig hinter ihnen her die Treppe hinaufkam.

„Was führst du im Schilde?", flüsterte Anna.

„Ich muss dir noch erzählen, was gestern passiert ist."

Anna zog seine Bettdecke zurecht und setzte sich. „Ist das ordentlich genug, Chef?"

Henk lachte. „Ja, super." Er lief zum Fenster und schaute nervös nach draußen.

„Weißt du noch, was ich dir von Gerrit erzählt habe, meinem Klassenkameraden? Dass er so wütend war, weil ich nicht zum *Jeugdstorm* wollte?"

„Ja, und du hast den Verdacht, dass er es war, der euren Lehrer verraten hat, nicht?"

„Genau. Auf jeden Fall geht Gerrit jetzt in eine andere Schule, für NSB-Kinder."

„Also doch! Na, zum Glück bist du den jetzt los."

Henk ging wieder zur Tür, um zu horchen, und setzte sich dann Anna gegenüber auf Lieses Bett.

„Ich dachte, dass ich ihn los wäre, ja. Aber als ich Liese gestern bei der Tante abgeholt hab', bin ich ihm zufällig begegnet. Es schien jedenfalls ein Zufall zu sein, aber ich bin mir da nicht sicher. Es kann auch sein, dass er mir gefolgt ist."

„So ein Blödmann, Mensch." Anna zog die Nase hoch.

„Na ja, er ist noch blöder, als du denkst, denn er ist dann hinter Liese und mir hergelaufen. Erst hat er nichts gesagt, also hab' ich mich ein paarmal umgeschaut, und er lief die ganze Zeit hinter uns her. Dann hab' ich ihn gefragt, ob irgendwas wäre." Henk holte tief Luft. „Dann kam er ganz nah und flüsterte, dass er wüsste, wo Liese gewesen wäre. Er sagte, dass es ein Verein für Verrückte wäre."

„Was hast du geantwortet?"

„Nichts. Jaap hat gesagt, dass ich mich vor Gerrit in Acht nehmen muss, darum hab' ich mich zurückgehalten."

„Und Liese? Hatte sie Angst?"

„Zuerst hat sie zum Glück nichts gemerkt. Aber er kam immer näher, darum hab' ich versucht, so schnell zu laufen, wie es mit Liese ging. Und dann hat er Liese plötzlich ein Bein gestellt! Es ging so schnell, dass ich sie nicht mehr festhalten konnte. Sie fiel einfach um."

Anna blieb der Mund offen. „Was, er hat ihr wirklich ein Bein gestellt?"

Henk nickte. Er fühlte sich jetzt noch schuldig, wenn er daran dachte.

„Ich musste ihr natürlich helfen, darum konnte ich nicht hinter ihm herrennen."

„Was für ein Waschlappen!" Anna sprang auf. „Was fällt ihm eigentlich ein – ein behindertes Mädchen!"

„Nicht so laut!" Henk zeigte nach unten. „Mutter darf das nicht erfahren. Sonst darf Liese nicht mehr nach draußen und erst recht nicht zu Tante Kees."

Kopfschüttelnd setzte Anna sich wieder hin. „Hat Liese sich sehr wehgetan?"

„Es ging. Sie ist auf die Hände gefallen, und ihre Knie waren aufgeschürft. Ich hatte Angst, dass sie Mutter irgendwas erzählen würde, aber das tat sie nicht. Ich hab' nur gesagt, dass sie gestolpert wäre."

Anna nickte.

„Aber jetzt traue ich mich eigentlich nicht mehr mit ihr hinaus. Stell dir vor, dass Gerrit uns auflauert!" Henk atmete langsam aus.

„Meinst du, das würde er wirklich tun?"

Henk hob die Hände. „Das könnte durchaus sein. Jaap hat ja gesagt, dass ich mich vor ihm in Acht nehmen muss, aber ich würde am liebsten zu ihm nach Hause gehen und ihn zusammenschlagen."

„Das wäre nicht besonders klug." Anna sah ihn nachdenklich an. „Vielleicht hat Tante Kees eine Idee, was wir machen könnten?"

Auch wenn Henk inzwischen wusste, dass die Tante nicht dumm war, konnte er sich kaum vorstellen, dass sie von solchen Dingen etwas verstand. Er zuckte die Schultern.

„Kommt ihr runter, Kinder?"

Sie erschraken, als sie Mutter rufen hörten, und sahen einander ernst an.

„Ich werde auch darüber nachdenken", versprach Anna.

Die Tür ging auf, und Mutter stand im Zimmer. Henk und Anna sprangen gleichzeitig auf.

„Ja, wir räumen auf!" Schnell schlüpften sie an Mutter vorbei auf den Flur, bevor sie lästige Fragen beantworten mussten.

KAPITEL 15

EIN BÖSER BRIEF

Henk lehnte sich an das hölzerne Treppengeländer, während Anna sich auf dem Flur die Jacke zuknöpfte. „Morgen muss ich meiner Mutter beim Waschen helfen, darum können wir uns nicht treffen, aber am Mittwoch geht es. Du kannst auch zu mir kommen, wenn du nicht auf Liese aufpassen musst."

„Ich frage mal, gute Idee." Er hielt die Tür auf, und Anna nahm zögernd ihr Fahrrad. Sie schaute sich noch einmal um, ehe sie wegfuhr. „Ich find's schön, dass wir Freunde sind", sagte sie und schob sich eine lose Haarsträhne aus dem Gesicht.

Henk spürte, dass sein Herz einen kleinen Sprung machte. Er wollte so viel erwidern – dass er es auch schön fand, sogar mehr als schön – super, fantastisch. Dass sie für ihn das Licht in diesen dunklen Kriegstagen war und dass er sich am liebsten jeden Tag mit ihr treffen würde. Aber er konnte nur nicken und sie wie ein Schäfchen anstarren.

Er sah ihr nach und ging dann wieder ins Haus. Er blieb noch einen Augenblick an die Tür gelehnt im Flur stehen und träumte vor sich hin. „Ich glaube, ich bin verliebt“, flüsterte er, und sein Gesicht verzog sich zu einem breiten Lächeln.

Mutters Stimme holte ihn aus seinen Träumen. Sie rief ihm von der Küche aus zu, dass er die Post aus dem Briefkasten holen solle. Sie hoffte natürlich auf einen Brief von Vater.

Er fasste in den Kasten neben der Haustür. Es war tatsächlich ein Brief darin. Während er die Klappe wieder schloss, schaute er auf die Vorderseite des Briefs. Sein Name stand darauf, mehr nicht.

„Interessant“, murmelte er. Vielleicht eine Nachricht von Jaap? Seine Finger zitterten ein bisschen, als er den Brief aufmachte. Hatte sein Freund es sich überlegt und hatte nun doch noch eine Aufgabe für ihn? Er brannte förmlich darauf, endlich etwas gegen den Feind zu tun! Er musste ja nicht unbedingt mit zu einem Überfall, es genügte ihm, wenn er nur irgendetwas machen konnte. Es wäre schon fantastisch, jemandem eine Nachricht zu überbringen.

Die Handschrift erkannte er nicht, der Brief in dem Umschlag war nicht von Jaap. Was war das? Seine Hände umklammerten das Papier, während sein Gehirn zu begreifen versuchte, was er las. „Unser Führer mag keine Behinderten. Das Dritte Reich braucht gesunde Menschen, keine Verrückten. Die gehören in ein Lager. Das kannst du Fräulein ten Boom ausrichten.“

Henks Augen glitten von der Küchentür, hinter der Liese war, zu dem Brief in seiner Hand und wieder zurück. Er schnappte nach Luft. Sein Herz klopfte in seiner Brust wie eine Lokomotive. Das musste Gerrits Werk sein, kein Zweifel. Er wollte den Brief zerknüllen, in den Ofen werfen, ihn verbrennen, so dass es war, als hätte es ihn nie gegeben. Aber er faltete ihn zusammen, langsam und beherrscht, drückte den Knick fest mit Daumen und Zeigefinger zusammen und schob ihn zurück in den Umschlag. Währenddessen überschlugen sich seine Gedanken. „Was kann ich tun, was wird passieren, was soll ich tun, was kann ich tun?" Wie gelähmt blieb er stehen, ohne dass er einen Ausweg fand aus diesem Gedankenkarussell, aus diesem Problem. Und die ganze Zeit lang starrte er auf den weißen, rechteckigen Umschlag in seinen Händen.

Endlich kam Bewegung in seine Beine. Er ging zur Garderobe, stopfte den Brief in seine Jackentasche, zog die Jacke an und ging in die Küche.

„Und? War was im Briefkasten?", fragte Mutter leichthin, als wäre es nicht wirklich von Bedeutung.

Verstört sah er sie an. „Nein." Seine Stimme funktionierte noch, aber sie war heiser und leise. Er starrte Liese an. War sie eine Verrückte? Jemand, den man loswerden wollte? *„Nein!"*, schrie alles in ihm.

Mutter kam auf ihn zu. „Was ist denn los? Du siehst ja ganz weiß aus!"

Er schüttelte den Kopf und flüsterte. „Anna hat was vergessen. Ich muss kurz zu ihr."

In diesem Moment begann es stark nach angebrannter Milch zu riechen, und Mutter lief zum Herd. „Bleib nicht zu lange weg", rief sie ihm nach, während er die Haustür hinter sich zuzog.

Henk wusste, dass sie in der *Koninginnebuurt* wohnte – um dorthin zu gelangen, musste man ein ganzes Stück an der *Leidse Vaart* entlangfahren. Aber es kam ihm vor, als hätte er einen Motor auf dem Rücken, so schnell drehten sich seine Füße auf den Pedalen. Obwohl er seine Handschuhe und seine Mütze vergessen hatte, spürte er, wie sein Rücken schweißnass wurde. In Rekordzeit stand er vor ihrer Tür. Er presste die Nase an das kleine Fenster, um hineinzuschauen, und drückte lange auf die Klingel.

„Schnell, komm schon, Anna!“, sagte er leise. Da kam sie zum Glück bereits.

„Du, Henk?“ Sie hatte ihre Jacke noch nicht einmal ausgezogen.

Er antwortete nicht und zog sie stattdessen hinaus auf die Straße. Schnell nahm er den Umschlag aus seiner Jacke und drückte ihn Anna in die Hand.

„Da, lies das!“

Erst jetzt merkte er, wie er keuchte. Er fasste nach dem eisernen Gartenzaun an seiner Seite. Seine Kehle schmerzte und war trocken wie Sandpapier.

Anna sah ihn mit großen Augen an. „Kommt das von Gerrit?“

„Von wem denn sonst?“

„Was hast du ihm nur getan?“, flüsterte Anna bestürzt.

Henk warf die Hände hoch. „Was weiß denn ich? Aber was soll ich mit diesem Brief anfangen? Holen sie wirklich Behinderte ab und sperren sie in Lager? Können sie Liese mitnehmen?“

„Das weiß ich auch nicht." Anna rannte wieder ins Haus und holte ihren Schal. „Wir müssen ins Beje."

„Was ist denn los, Kinder?" Tante Bep öffnete die Tür und schaute sie erschrocken an. Offenbar sah sie ihnen die Aufregung sofort an.

Sie gingen schnell hinein. „Ist Tante Kees da?", fragte Anna.

„Äh …", Tante Bep blickte zur Kellertreppe. „Ja, sie ist im Keller."

Anna zog Henk mit sich. Sie gingen miteinander die kleine Treppe hinab.

„Ja, ich bin hier", ertönte Tante Kees' Stimme, nachdem sie an die Tür geklopft hatten.

In dem kleinen Raum stand ein Mädchen, das etwa in Henks Alter war. Ihre großen, dunkelbraunen Augen blickten erschrocken auf die hereinkommenden Kinder. Um ihren Kopf war ein Handtuch gewickelt, und auf dem Boden sah Henk abgeschnittene Haare liegen. Betätigte sich Tante Kees in ihrer Freizeit auch als Friseurin?

„Hallo, Anna und Henk, schön, dass ihr vorbeikommt."

Wir brauchen deinen Rat, Tante Kees", sagte Anna.

„Ich bin gleich fertig, setzt euch kurz hin."

Die Kinder setzten sich auf einen Hocker und beobachteten, wie das Mädchen im Keller eine erstaunliche Verwandlung durchmachte. Nein, das hier war kein Friseursalon, natürlich nicht. Henk begriff schnell, dass das ein Ort war, an dem man sein jüdisches Aussehen loswurde und eine neue Identität bekam. Voller Bewunderung sah er zu, was Tante

Kees machte, und dachte an die Geschichten der Untergetauchten, die er gehört hatte, als er hier übernachtet hatte.

„Was für eine tolle Tante du doch hast – was die alles macht und alles kann!" Er hatte es flüstern wollen, aber seine Kehle schmerzte immer noch vom schnellen Radfahren. So kamen die Worte mit einem seltsamen, heiseren Krächzen aus seinem Mund.

„Aber nein." Tante Kees hatte ihn gehört. „Wir haben einen wunderbaren Gott. Er gibt uns die Kraft, die wir brauchen!", sagte sie entschieden.

Henk schwieg. Er spürte den Umschlag in seiner Jackentasche und dachte an Liese. Wer nun genau was machte, war ihm nicht so wichtig. Wenn nur alles gut wurde mit seiner Schwester.

Ein blondes Mädchen mit kurzem Bubenhaarschnitt und Brille sah verdutzt in den Spiegel, den Tante Kees hochhielt. „Von jetzt an heißt du Jansje Smit. Heute Abend wirst du zu deiner neuen Adresse gebracht."

Das Mädchen wischte sich eine Träne von der Wange und bedankte sich bei Tante Kees.

„Komm, wir gehen nach oben." Tante Kees legte einen Arm um das Mädchen. „Aufräumen können wir nachher noch." Sie warf Anna und Henk einen strengen Blick zu. „Und ihr habt hier nichts gesehen, stimmt's, Kinder?"

„Sei lieber ein bisschen vorsichtig", sagte Tante Kees, nachdem sie den Brief gelesen hatte. „Am besten lasst ihr Liese vorläufig im Haus. Wir werden jemanden aus der Gruppe bitten, Gerrit zu beobachten. Wir müssen auch herausfinden, ob er eine Gefahr für's Beje ist."

Henk nickte und schauderte kurz. Ja, daran hatte er noch gar nicht gedacht.

Tante Kees sah ihn ernst an. „Ich denke, dass Gerrit blufft. In Deutschland ist es gefährlich für Behinderte, das stimmt. Aber bei uns ist in dieser Hinsicht noch nichts vorgefallen, soweit ich weiß. Wir wurden bis jetzt auch in Ruhe gelassen, wenn wir unsere Behindertengottesdienste abgehalten haben. Wahrscheinlich ist Liese nicht wirklich in Gefahr, aber wir wissen nicht, wie das alles noch weitergeht."

Ein Mann mit einem Klemmbrett in der Hand kam in die Küche. „Ich komme den Zählerstand ablesen, Fräulein ten Boom."

Tante Kees lächelte freundlich. „Sie wissen doch, wo Sie hin müssen, nicht wahr?"

„Ja sicher, vielen Dank." Der Mann verschwand wieder.

„Hast du deiner Mutter schon von dem Brief erzählt?", erkundigte sich Tante Kees.

„Nein", sagte Henk langsam. „Ich denke, dass sie schreckliche Angst bekommen würde. Oder wütend wäre."

„Du musst es ihr schon sagen, Junge. Es ist nicht deine Schuld, falls du das denkst."

Er hatte sich gefragt, was passiert wäre, wenn er mit Gerrit mitgegangen wäre. Dann wäre ihnen dieser Ärger erspart geblieben. Hätte er sich dafür entscheiden müssen? Nein, das war undenkbar. Je mehr er darüber nachdachte, desto wütender wurde cr. Er würde sich von so einem Mistkerl nicht in die Enge treiben lassen.

„Ich werde versuchen, es Mutter zu erklären."

„Wir wollen es auch unserem himmlischen Vater anbefehlen. Er weiß, was los ist, und hat die Situation vollkommen in seiner Hand."

Henk faltete die Hände. Er begann, sich daran zu gewöhnen, dass in diesem Haus für alles gebetet wurde. Er holte tief Luft und atmete dann langsam wieder aus. Irgendwie war ihm schon wieder leichter ums Herz.

Nach dem Gebet sprang Tante Kees fröhlich von ihrem Stuhl auf. „Sagt ihr Opa noch eben guten Tag? Er ist im Wohnzimmer."

Anna lief schon zur Treppe, aber Henk blieb noch im Esszimmer stehen, während Tante Kees zur Küche ging. Er wollte sie etwas fragen.

„Ich würde eigentlich auch gern für den Widerstand arbeiten, Tante Kees", stieß er hervor, sobald Anna verschwunden war.

„Was hast du gesagt, Junge?" Tante Kees guckte um die Ecke. Er ging zur Küche. „Ich möchte etwas für den Widerstand tun. Ganz egal, was, wenn ich nur irgendwas tun kann."

Tante Kees kratzte sich am Kopf. „Darüber muss ich erst nachdenken, Henk. Es ist wirklich schön, dass du für dein Land kämpfen willst. Aber es kann dich dein Leben kosten."

Er nickte. „Ich brauche ja keine großen Sachen zu machen. Aber ich kann es nicht ertragen, dass die Besatzer einfach machen, was sie wollen. Und Leute wie Gerrit auch!"

Henk ballte die Fäuste. Tante Kees umschloss sie mit ihren Händen. „Nimm dich in Acht vor Hass, Junge. Lass dich von der Liebe des Herrn leiten."

Er wollte zustimmend nicken, aber er war anders als Tante Kees. „Ich möchte einfach gern helfen", sagte er schlicht.

Tante Kees antwortete ruhig: „Gut, ich werde darüber nachdenken und es auch morgen mit der Gruppe besprechen." Sie ließ seine Hände los.

„Danke, Tante Kees. Und danke auch, dass ich dir diesen Brief zeigen konnte."

Aus dem Wohnzimmer ertönte Annas Stimme, die nach ihm rief, und Tante Kees lachte. „Ich glaube, da vermisst dich jemand."

KAPITEL 16

ZUR UNTÄTIGKEIT VERURTEILT

Zwei große Hände legten sich um seinen Hals und drückten zu. Immer fester wurde ihr Griff, immer weniger Luft bekam er. Henk wollte schreien, aber er hatte keinen Atem, keinen Sauerstoff. Er wollte um sich schlagen, aber seine Arme waren schlaff. Er schüttelte den Kopf und strampelte mit den Beinen. Wer tat ihm das an, was ging hier vor, wem gehörten diese Hände? Er erstickte beinah – warum half ihm niemand?

„Hilfe!" Durch einen kleinen Spalt in seiner Kehle drang noch etwas Luft, sodass er ein leises Wimmern zustandebrachte. Plötzlich lag eine Hand auf seinem Kopf. Mutters Stimme sagte: „Nicht aufregen, Junge. Du musst versuchen, ruhig zu bleiben. Du bist krank, Henk, du hast Diphterie. Daher kommen die Halsschmerzen."

Er war krank, das war es, er wurde nicht umgebracht. Er konnte sich wieder ein bisschen entspannen und füllte vorsichtig seine Lungen. Oh, tat das weh! Er konnte noch nicht einmal „au" rufen. Er wollte schlafen, versinken, nichts mehr spüren.

Mutter hielt ihm ein kaltes Glas an die Lippen. „Trink mal einen Schluck Wasser."

Er war doch nicht verrückt! Henk presste die Lippen aufeinander und fuchtelte mit dem Arm, um das Glas wegzuschieben. Einen Schluck zu trinken, wäre eine Qual, das wusste er genau.

„Du musst es versuchen, Junge. Sonst verliere ich dich." Er hörte das Zittern in ihrer Stimme und schlug kurz die Augen auf. Sie hatte Tränen in den Augen, seinetwegen! Es war ernst.

Mutter beugte sich über ihn und strich ihm eine Haarsträhne aus der Stirn. „Du bist sehr krank, aber du wirst wieder gesund. Das versprichst du mir, ja? Ich helfe dir da durch, und du machst gut mit. Zusammen schaffen wir das!"

Er blinzelte und bewegte langsam den Kopf auf und ab. Ja, er und Mutter, zusammen. Er öffnete die Lippen ein bisschen. Das kühle Wasser war wunderbar erfrischend in seinem Mund, aber als er es herunterschluckte, brannte es wie ein Messer in seiner Kehle. Er machte den Mund wieder auf, und Mutter legte die Hand in seinen Nacken, um ihm hoch zu helfen.

„Prima, Henk, so ist es gut!"

Die Kissen in seinem Rücken waren unbequem, seine fettigen Haare klebten an seinem Kopf, und sein Buch hatte er schon zwei Mal durchgelesen. Zwei Wochen lag er jetzt schon hier herum, und er war es leid. Zum Glück konnte er wieder essen, sodass er wieder zu Kräften kam. Aber Mutter meinte, dass er noch nicht fit genug sei, um aufstehen zu können. Gestern hatte er es ausprobiert, als Mutter unten war, und feststellen müssen, dass sie Recht hatte. Ihm war plötzlich schwarz vor Augen geworden, und er war einfach umgekippt, als ob er keine Muskeln, sondern Gummi in seinen Beinen hätte. Zum Glück war er auf dem Bett gelandet.

Er dachte an die Zeit vor einigen Wochen zurück, als er noch mitten in diesem Problem mit Gerrit steckte und sich deshalb Sorgen machte. Jetzt lag er untätig hier herum. Liese wohnte bei Tante Stien und Onkel Albert, weil sie sonst auch krank geworden wäre. Dadurch war es noch stiller und trostloser im Haus. Jaap und Anna hatten vor der Tür gestanden, Henk hatte es selbst gehört, aber Mutter erlaubte keinen Besuch. Er war wütend geworden, bis Mutter ihn gefragt hatte, ob er seinen Freunden auch solch eine Zeit im Bett wünschte. Nein, natürlich nicht, aber inzwischen war er doch nicht mehr ansteckend?

Er starrte nach draußen, wo Winterwolken vorbeitrieben, aus denen sich ab und zu ein Schneeflöckchen löste. Heute Nacht hatte er wieder viele Flugzeuge gehört. Sie flogen nach Deutschland, um den Besatzern eine Lektion zu erteilen. Er konnte es kaum erwarten, endlich selbst seinen Beitrag zu leisten. Vielleicht war Tante Kees inzwischen etwas eingefallen, was er für den Widerstand tun konnte. Anna hatte ihr erzählt, dass Henk krank war. Das hatte Mutter ihm erzählt, die jedes Mal, wenn Anna wieder vor der Tür stand, die Grüße ausrichtete.

Es klopfte. Henk fuhr hoch, wer war das? Mutter nicht, die klopfte immer noch nicht, bevor sie hereinkam.

„Ja?“

Die Tür öffnete sich quietschend, und Henk sah Jaaps Gesicht. Er hatte einen Finger auf den Mund gelegt.

Henk formte mit den Lippen ein langgezogenes, stummes „Oooh!", worauf er Jaap mit einem breiten Grinsen hereinwinkte.

„Ich hab' mich reingeschlichen, deine Mutter ist kurz einkaufen gegangen", flüsterte Jaap.

„Warum flüsterst du dann?", fragte Henk lachend.

„Äh …" Jaap zog die Augenbrauen hoch. „Ja, gute Frage."

„Aber ich freu' mich riesig, dass du da bist! Erzähl, gibt's was Neues – von Radio Oranje, in Haarlem, bei den ten Booms?" Henk hatte das Gefühl, dass er schon seit Monaten in einem Loch festsaß, weit von der Wirklichkeit entfernt. Endlich kam wieder ein bisschen Leben in die Bude. Endlich blies ihm wieder frischer Wind um die Ohren.

„Du meinst bestimmt: Wie geht es meiner Freundin Anna?" Jaap zwinkerte ihm zu, und Henk hob drohend die Faust.

„Nein, hör doch zu, was ich sage, Mann. Erzähl mir einfach alles."

Jaap lehnte sich zurück auf Lieses Bett und sah nachdenklich aus dem Fenster. „Nachts gehen viele Flüge Richtung Deutschland, aber das hast du ja schon gehört. Sie greifen vor allem Kiel und Calais an. Das sind strategisch wichtige Häfen, aber sie haben noch keinen Durchbruch erzielt. Königin Wilhelmina wiederholt immer wieder, dass wir stark und tapfer sein müssen und den Mut nicht verlieren dürfen." Jaap seufzte.

„Und die ten Booms?"

„Keine so guten Nachrichten, fürchte ich. Ein Mitglied von Tante Kees' Gruppe ist verhaftet worden, als er jemanden vor einer Razzia warnen wollte. Da mussten alle Untergetauchten weg aus dem Beje, für den Fall, dass er andere verraten würde. Inzwischen sind sie wieder zurück, aber der eine sitzt jetzt in Amsterdam im Gefängnis."

„Machen sie weiter mit ihrer Arbeit?", fragte Henk, dem bei der Vorstellung, in welcher Gefahr sie schwebten, ein Schauer über den Rücken lief.

„Ja, aber die Untergetauchten bleiben jetzt den ganzen Tag oben und kommen nur zum Essen runter. Es wird von Tag zu Tag gefährlicher."

„Wie lange müssen wir das alles bloß noch ertragen?" Henk schlug wütend mit der Hand auf die Decke, aber dafür musste er mit einem heftigen Hustenanfall büßen. Erschrocken sprang Jaap auf. Er nahm das Wasserglas vom Nachttisch und hielt es Henk an den Mund. Henk nahm ein paar große Schlucke und ließ sich hintenüber auf die Kissen fallen.

„Ich fühle mich hier so nutzlos. Du kannst wenigstens noch was machen. Ich liege hier bloß rum, es ist zum Verrücktwerden."

Jaap mache eine beschwichtigende Handbewegung. „Du musst erst wieder richtig gesund werden. Es nützt gar nichts, wenn du dich aufregst."

Henk hatte keine Lust auf gute Ratschläge, aber er wollte auch keinen Streit mit Jaap anfangen.

„Jaja, Muttilein. Dann erzähl mir halt mal irgendwas richtig Gutes."

Jaaps Augen begannen zu leuchten. „Wie wär's damit, dass Herr van Soest wieder zu Hause ist? Ist das gut genug?"

Henk blieb der Mund offen. „Ehrlich?", flüsterte er.

„Seit zwei Tagen. Ich weiß keine Einzelheiten, nur, dass er ziemlich schlimm dran ist. Aber er ist wieder in Haarlem."

Henk dachte daran, wie sie vor einigen Wochen bei den ten Booms für den Lehrer gebetet hatten. Es geschahen doch noch Wunder!

„Und war Gerrit derjenige, der ihn verraten hat?" Er musste es einfach wissen.

Jaap schüttelte den Kopf. „Weiß ich auch nicht."

Dann erzählte Jaap munter weiter von dem letzten Beisammensein im Beje. Davon, dass Tante Kees für Geld gebetet hatte und dass im nächsten Moment jemand vor der Tür gestanden hatte, der einen Briefumschlag mit fünfhundert Gulden brachte. Und von einem Untergetauchten, der Vater geworden war. Seine Frau war woanders untergebracht und hatte einen gesunden Jungen geboren. Obwohl er seine Frau und sein Kind nicht besuchen konnte, hatte der Mann tagelang im Beje gesungen und gejubelt. Er hatte alle mit seiner Freude angesteckt.

„Und natürlich soll ich dich herzlich von Tante Kees und von Tante Bep grüßen. Ich soll dir sagen, dass sie für deine Genesung beten und hoffen, dass sie dich bald wiedersehen."

Plötzlich hörten sie Schritte auf der Treppe. Sie hatten Mutter ganz vergessen!

„Erwischt!" Lächelnd stand Mutter in der Tür. Jaap sah zu, dass er wegkam.

„Danke, Jaap“, rief Henk ihm noch nach, aber seine heisere Stimme war kaum hörbar.

KAPITEL 17

KLÄGLICH VERSAGT

Ob er sich genauso befreit fühlen würde, wenn sie die Deutschen endlich los waren?

Henk stand auf dem Treppenabsatz vorm Haus und holte tief Luft. Ja, sein Hals tat noch weh, und es war ein trister, grauer Tag. Aber der kühle Wind auf seinen Wangen, der Geruch der schlammigen Straßen und die alltäglichen Geräusche der Menschen draußen machten ihn so froh, dass er Gänsehaut bekam. Freiheit, Luft und Raum – was für ein herrliches Gefühl. Es war so wunderbar, dass er endlich nicht mehr im Haus hocken musste, eingesperrt und gelangweilt.

Nachdem er ein paar Tage lang im unteren Stockwerk herumgelaufen war, hatte er jetzt den Mut, einen Spaziergang zum Beje zu machen. Er wollte ein bisschen mit den ten Booms reden und ihnen zeigen, dass es ihm inzwischen besser ging.

Zum Glück brauchte er Liese nicht mitzunehmen. Wenn Gerrit ihnen Schwierigkeiten machen würde, hätte er sich nicht zur Wehr setzen können. Wahrscheinlich könnte er Liese noch nicht einmal aufheben, wenn sie hinfiel, so schwach war er geworden.

Langsam ging er die Straße hinunter und bog rechts ab. Er wollte den kürzesten Weg nehmen, an der *Nieuwe Gracht* entlang und über den *Nassauplein*. Vorsichtig blickte er um sich. Es war ruhig auf der Straße – wenn er verfolgt würde, würde er es sofort merken. Aber wer sollte ihn verfolgen? Wenn Gerrit ihn beobachtet hatte, hatte er es inzwischen bestimmt aufgegeben. Henk war beinah einen Monat lang nicht draußen gewesen. Außerdem hätte Tante Kees ihn informiert, wenn wirklich Gefahr bestand. Es gab keinen Grund, Angst zu haben.

Er wollte zügig weiterlaufen, aber er merkte, dass sein Hals wieder zu schmerzen begann. Seine Socken waren inzwischen nass, und seine Füße wurden kalt. Zum Glück war er beinah am *Krocht,* und von dort aus war es nur noch ein kurzes Stück.

Henk wollte kein Risiko eingehen. Gerade, als er rechts in die *Barteljorisstraat* einbiegen wollte, hatte er den Eindruck, einen Moment lang eine Gestalt zu sehen, die Ähnlichkeit mit Gerrit hatte. Er schaute noch einmal hin, aber er sah nichts mehr. Gerrit hatte eine braune Jacke. Was er gesehen hatte, war eine blaue Jacke. Wahrscheinlich sah er Gespenster. Aber sicherheitshalber beschloss er doch, geradeaus weiterzugehen. Er passierte die Polizeiwache und bog in die *Smedestraat* ein.

Er zog die Schultern hoch und hielt den Blick starr auf den Boden gerichtet. Die Polizeiwache zu seiner Linken war voll von Handlangern der Besatzer, die brav machten, was die Gestapo sagte. Er wollte gar nicht wissen, was da drin geschah.

Die *Grote Kerk* in der Ferne ließ ihr Glockengeläut ertönen, aus einem der Cafés erklang Musik, und irgendwo fiel mit lautem Knall eine Tür ins Schloss. Hinter sich hörte Henk Stiefelschritte auf dem Pflaster. Ein rhythmisches Klick-Klack folgte ihm. Er warf einen Blick über die Schulter. Hinter ihm gingen drei Männer. Zwei trugen eine dunkelgraue Uniform, der dritte eine lange braune Jacke und einen Hut.

Sie redeten miteinander, knurrend wie Hunde, aber ein Wort schnappte Henk auf. Es klang wie „Widerstand." Unauffällig verlangsamte er das Tempo. Worüber sprachen diese Männer? Er reckte den Hals, damit seine Ohren über den Kragen hinausragten. Gleichzeitig lief ihm ein Angstschauer über den Rücken. Er hatte dasselbe Gefühl wie im Schwimmbad, wenn er auf dem obersten Sprungbrett stand: Er wollte hinunterspringen und gleichzeitig auch wieder nicht. Jetzt wollte er hören, was gesagt wurde, und doch auch wieder nicht.

Seine Gedanken gingen zu Familie ten Boom. Sie steckten tief in der Widerstandsarbeit drin. Ob diese Männer über sie sprachen? „Nicht zu viel fantasieren, Henk!", rief er sich selbst zur Ordnung.

„Ich klingele an der Seitentür und frage nach … Wenn … aufmachen … rein." Der Wind weht ihm einige Gesprächsfetzen zu.

Eine Seitentür, Widerstand. Henk schluckte schwer und spürte, wie sich die Haare an seinen Armen aufrichteten. Ging es etwa tatsächlich um die ten Booms?

Er wäre am liebsten stehengeblieben, um das Gespräch richtig zu verstehen, aber das war unmöglich. Er musste vorwärtsgehen, weiterlaufen. Er durfte sich jetzt nicht umdrehen. Es war bestimmt nicht wahr, es ging nicht um das Beje. Warum war er bloß so neugierig?

Links von ihm ging eine kleine Gasse ab, dunkel und geschützt. Wie von selbst trugen ihn seine Füße dorthin. Er lehnte sich an ein hoch aufragendes Haus.

Die Wand fühlte sich kalt an, wie ein Eisklumpen in seinem Rücken. Reglos blieb er stehen, sekunden- oder minutenlang, er wusste es nicht. Niemand durfte ihn sehen, niemand durfte ihn hören.

Wo waren die Männer geblieben? Das Stiefelklackern war verstummt. Er konnte es wagen, kurz um die Ecke zu blinzeln. Zentimeter um Zentimeter schob er den Kopf nach vorn. Sie waren noch da, sie standen vor einem Café. Im Schaufenster spiegelten sich sechs harte Augen, drei Münder waren zu schmalen Streifen zusammengekniffen. Sie schienen nachzudenken. Der Mann mit dem Hut machte eine Handbewegung – geradeaus und dann nach rechts. Erschrocken schlug Henk eine Hand vor den Mund. Der *Schoutensteeg* – dorthin hatte der Mann gezeigt!

„Nein!", flüsterte er. Das konnte doch nicht wahr sein! Aber alles deutete darauf hin …

Wenn es wirklich stimmte, wenn sie etwas vorhatten bei Familie ten Boom, dann musste er etwas tun! Aber vielleicht war es nicht so, vielleicht lag er falsch mit seinen Befürchtungen?

Und was *konnte* er überhaupt tun? Was *sollte* er tun?

Plötzlich liefen Bilder vor seinen inneren Augen ab, von Liese, die mit roten Knien auf dem Boden lag. Von Herrn van Soest, der vor der Klasse stand, ein verschwörerisches Blinzeln in den Augen. Dann sah er Gerrits Gesicht vor sich, den Blick eines Verräters. Ihm drohte Gefahr!

Du weißt nichts, du hast nichts gesehen, nichts gehört. Hau schnell ab!, rief Henk sich selbst in Gedanken zu.

Aber er konnte zum Beje gehen und sie warnen. Das konnte er tun. Zwanzig Meter waren es von seinem Versteck zu den Männern. Zehn Meter zum Seiteneingang am *Schoutensteeg*. Er konnte zum Beje rennen. Er würde vor ihnen da sein.

Ein Kopf drehte sich und blickte in seine Richtung. *Nein!* Henk taumelte zurück und verkroch sich wieder in seinem sicheren Kokon. Warum war er hier, und warum jetzt? Was machte er an diesem Ort? Er musste machen, dass er wegkam. Er hatte damit nichts zu tun!

Er kniff die Augen zusammen und steckte die Finger so tief in die Ohren, wie er konnte. Er wollte nichts mehr sehen und nichts mehr hören.

Ja, er wusste es genau: Opa ten Boom und die Tanten hatten noch eine Chance. Wenn er jetzt aus seinem Versteck kam, war er vielleicht noch rechtzeitig da. Die Zeit begann zu drängen! In maximal dreißig Sekunden konnte er an der Seitentür sein. *Drei, zwei, eins, los!* Musste er das tun? Hatte er den Mut dazu?

Wenn er jetzt einschritt, konnte die Familie noch gerettet werden!

Er hatte keine Ahnung, wie er nach Hause gekommen und in seinem Zimmer gelandet war. Wie lange er hier inzwischen schon saß, wusste er auch nicht, nur, dass es jetzt mitten in der Nacht sein musste. Es war stockfinster.

Mutter hatte mit ihm gesprochen, Liese ins Bett gebracht, noch einmal mit ihm gesprochen, aber er hat nichts von alledem verstanden. Selbst, wenn die ganze Welt einstürzen würde, würde er es wahrscheinlich nicht mitbekommen. Ja, was ihn betraf, war die Welt schon eingestürzt. Es würde nie wieder gut werden.

Am nächsten Morgen wusste er es genau. Er musste zum Beje. Aber Mutter hatte ihn heute Morgen ins Visier genommen und ließ ihn nicht mehr aus den Augen.

„Du musst was essen, Henk. Du bist so blass. Sag doch, wenn irgendwas ist. Fühlst du dich wieder krank?“

Es kamen keine Worte aus seinem Mund; er hatte noch nicht einmal Gedanken im Kopf. Nur diesen einen: *Du musst zum Beje.*

„Leg dich am besten wieder ins Bett, Junge.“

Er spürte Mutters Hand auf seiner Stirn, ihre besorgten Augen vor seinem Gesicht.

Er stand auf und ging in den Flur.

„Was hast du vor? Nein, kommt überhaupt nicht infrage!“ Mutter nahm ihm die Jacke ab und hängte sie zurück an die Garderobe. „Du gehst jetzt nirgendwo hin.“

Henk nahm seine Jacke wieder, und Mutter hielt sie fest. Sie kämpften um seine Jacke. Er musste seine Jacke haben, er musste zum Beje! Aber seine Arme waren so schwach, und seine Beine zitterten, und Mutter war so wütend.

„Was ist denn los, Henk, was hast du denn?"

Er wusste es selbst nicht, aber plötzlich verlor er den Boden unter den Füßen. Er spürte, wie Mutter die Arme um ihn schlang und ihn festhielt.

Henk redete und redete, und die ganze Zeit lang streichelte Liese sanft über seinen Arm. Die Geschichte strömte über seine Lippen, ergoss sich aus seinem Inneren wie eine Sturmflut. Mutter hörte zu, ohne Fragen zu stellen, und er erzählte alles: von Jaap, vom Widerstand, von Gerrit, von seinen Drohungen und von dem, was gestern bei den ten Booms passiert war.

Als er alles gesagt hatte, nahm Mutter ihn in die Arme und ließ ihn weinen. Sie wischte ihm die Tränen ab und ging dann in den Flur.

„Komm, wir gehen zum Beje", sagte sie und reichte Henk seine Jacke.

Es war nicht in Ordnung, dass an diesem Tag die Sonne durch die Wolken brach. Es müsste kalt sein, eisig kalt mit dicken, dunklen Wolken. Aber es war schon beinah wie Frühling, und das fröhliche Sonnenlicht beschien die nass glänzenden Straßen der Innenstadt. Warum weinte Haarlem heute nicht, fragte sich Henk.

Zu dritt gingen sie in die *Barteljorisstraat*. Henk saß hinten auf dem Rad, das Mutter schob, Liese trottete nebenher.

Da war das Haus von Familie ten Boom schon, aber es war abgesperrt und wurde von grimmig blickenden deutschen Soldaten bewacht. Schnell kehrten sie um und gingen zurück.

„Sie sind auf der Polizeiwache", flüsterte eine Stimme hinter ihnen. Sie kam von einer Frau, die direkt weiterlief, als hätte sie nichts gesagt.

Erstaunt sahen Henk und seine Mutter einander an. Dann nahm Mutter Kurs auf die Polizeiwache.

Je näher sie kamen, umso stiller schien es auf der Straße zu werden, und das, obwohl sie immer mehr Menschen sahen. Hier und da standen schweigende Gruppen, die auf einen großen grünen Stadtbus starrten, der hupend vorbeifuhr. Die breite Tür der Polizeiwache flog auf und spuckte Männer mit Gewehren aus.

Henk schob sich die Kappe tiefer in die Stirn und zog die Schultern hoch. Er zupfte Mutter am Ärmel. „Können wir hier stehenbleiben?", flüsterte er ängstlich. Viel lieber würde er wieder nach Hause flüchten.

Er blickte auf, als er plötzlich Stimmengewirr hörte. Irgendetwas passierte. Er spähte vorsichtig an den Rücken der anderen Herumstehenden vorbei und sah Menschen herauskommen. Polizisten hielten ihre Waffen auf sie gerichtet. Er erhaschte einen Blick auf Opa ten Boom, deutlich erkennbar an seinem langen grauen Bart. Henk schlug die Hände vors Gesicht, aber er konnte nicht anders, als durch seine Finger hindurchzublinzeln. Opa wurde rechts und links von zwei Frauen gestützt: Tante Kees und Tante Bep! Ihre Haare waren zerzaust, ihre Gesichter waren blass, und sie gingen mit gebeugtem Rücken. Liebevoll halfen sie ihrem alten Vater in den Bus, während die Bewacher sie kalt und herzlos anbrüllten, dass sie sich beeilen sollten.

Plötzlich hob sich grüßend eine Hand.

„Ticktack", flüsterte Liese traurig. Henk griff nach ihrer Hand und wollte schreien, toben, kreischen. Aber es war zu spät. Er hatte seine Chance gehabt und hatte sie vertan.

„Ich will weg, Mutter."

Mutter blickte sich um und nickte kurz. Schweigend wendete sie das Rad, und langsam kehrten sie dem Unglücksort den Rücken.

„Da ist Anna." Mutter zeigte in die Ferne, und er entdeckte sie unter den zuschauenden Menschen. Sie stand gebeugt, und ihre Schultern zuckten. Für einen Augenblick nahm er das Bild in sich auf, dann wandte er den Kopf ab.

Es würde nie wieder gut werden, und das war seine Schuld.

ZWEITER TEIL

KAPITEL 18

UNBRAUCHBAR

Henk saß reglos auf dem Stuhl, während rechts und links von ihm dunkelbraune Haarbüschel herunterfielen. Henk kniff die Augen zu und dachte, dass er sich auch an einen kahlen Kopf gewöhnen würde. Er hatte sich darüber gewundert, wie man sich an Dinge gewöhnen konnte, die man zuvor so abscheulich gefunden hatte. Dass man vorm Geschäft endlos Schlange stehen musste und zum Schluss doch leer ausging. Man gewöhnte sich an Langeweile und daran, dass die Schule ausfiel, weil die Klassenräume nicht geheizt werden konnten. An Schuhe aus Autoreifen, an zu kurze Hosen, an hölzerne Fahrradreifen und Wassersuppe aus der Armenküche. Man konnte sich sogar an Kälte gewöhnen. Aber an Bauchschmerzen vor Hunger gewöhnte man sich nicht. Stunde um Stunde quälte einen dieses Nagen. Nur wenn man schlief, war es kurz weg.

„Hoffentlich lassen die Läuse dich jetzt wieder ein bisschen in Ruhe." Mutter hielt Vaters Rasiermesser unter den Wasserhahn und setzte es vorsichtig an seinen Kopf.

„Übrigens, Henk", fuhr Mutter fort, und er hörte schon an ihrem Tonfall, dass sie etwas sagen würde, was er nicht hören wollte. „Ich bin Anna und ihrer Mutter begegnet."

Mutter schwieg einen Moment, und er wusste, dass sie das tat, um seine Neugier zu wecken. Aber er ging nicht darauf ein, das hätte sie inzwischen wissen müssen. Manchmal bereute er furchtbar, dass er Mutter alles von den ten Booms und dem ganzen Drumherum erzählt hatte. Inzwischen war beinah ein Jahr vergangen, aber sie kam immer noch ab und zu darauf zurück. Dabei bemühte er sich so, das alles zu vergessen, es aus seiner Erinnerung zu löschen. Denn jedes Mal, wenn er solch ein Gespräch mit Mutter geführt hatte, wurde er in der folgenden Nacht von demselben Albtraum gequält, aus dem er schweißgebadet erwachte.

Dieser Albtraum hörte nicht auf, auch nicht, wenn er die Augen offen hatte und genau wusste, dass er wach war. Denn er hatte es nicht geträumt, es war alles wirklich passiert. Der Mann in der langen Jacke hatte geklingelt. Die Tür war aufgegangen. Mit eigenen Augen hatte Henk gesehen, wie daraufhin die Männer vom Sicherheitsdienst ins Haus gestürmt waren. Das Alpina-Schild war aus dem Fenster geholt und später wieder zurückgestellt worden, obwohl Gefahr bestand! Viele unschuldige, ahnungslose Menschen waren danach ins Haus gegangen – und nicht mehr herausgekommen. Und er, der lauthals behauptet hatte, dass er im Widerstand mitarbeiten wollte, hatte das alles geschehen lassen und nichts getan. Er hatte einfach nur Angst gehabt, um Liese, um sich selbst, und hatte reglos an dieser Wand gelehnt, kalt und hart, nutzlos und unbrauchbar wie ein in Stein gemeißeltes Bild. Er hatte sie alle verraten.

„Sie hatte gehofft, dass du noch mal vorbeikämst“, fuhr Mutter fort.

Henk schwieg. Als ob er das nicht wüsste.

„Vielleicht solltest du ihr doch einfach erzählen, was passiert ist“, schlug Mutter vor.

Sie strich ihm über den kahlen Kopf. „Es ist wirklich nicht deine Schuld, dass sie verhaftet worden sind, Henk. Wie oft soll ich dir das noch sagen? Irgendjemand hat sie verraten. Du konntest nichts dagegen machen.“

Henk ließ die Worte an sich vorbeirauschen, denn Mutter lag falsch. Er hätte sehr wohl etwas tun können. Er hatte eine Chance gehabt, als er in der Gasse stand, er hätte hinlaufen können. Seinetwegen war Annas Familie verhaftet worden. Er würde ihr nie wieder in die Augen sehen können. Und wenn Anna wüsste, was passiert war, würde sie ihn auch nicht mehr sehen wollen, das wusste er genau.

Mutter seufzte. „Wir sind fertig“, sagte sie matt.

Henk nahm den Spiegel und betrachtete sich. Er wirkte jetzt älter, und er hatte einen müden Ausdruck im Gesicht. Ob Vater ihn noch erkennen würde, wenn er zurückkam? Falls er zurückkam! Noch etwas, woran er sich nicht gewöhnen konnte.

„Du bist doch Henk Overveen?“ Henk erschrak, als er so plötzlich von hinten angesprochen wurde. Er schnappte nach Luft und wandte langsam den Kopf. Er kannte den

Mann, der hinter ihm stand, von irgendwoher, aber er wusste nicht mehr, wo er ihn gesehen hatte.

Was sollte er antworten? Warum wollte dieser Mann das wissen? Worum ging es hier? Trotz seiner Zweifel, nickte er kurz.

„Ich habe eine Nachricht für dich. Zettel in deiner Jackentasche. Erst zu Hause rausholen und lesen."

Der Mann ging sofort weiter und ließ Henk, der in der langen Schlange auf dem Gehsteig vor der Metzgerei wartete, verblüfft zurück.

Er sah dem Mann nach, und plötzlich wusste er es wieder. In Gedanken sah er einen blauen Overall und ein Klemmbrett. Es war der Mann, der zu Tante Kees zum Stromablesen gekommen war, als Henk zum letzten Mal im Beje gewesen war!

Seine Beine wurden weich, aber er ermahnte sich selbst: *Es ist nichts passiert, stell dich nicht an.*

Unauffällig rieb er mit dem Arm an seiner Hüfte und spürte ein Stück Papier in seiner Jackentasche knistern. Unglaublich, da war wirklich ein Brief in seiner Tasche! Wie hatte dieser Mann das gemacht, und wie konnte es sein, dass er ihn kannte?

Ungeduldig blickte er auf die lange Schlange von Menschen, die noch vor ihm standen. Ach was, wenn er endlich an die Reihe kam, waren die Markknochen bestimmt ausverkauft. Er ging nach Hause!

Zuerst hatte Henk den Weg auf der Karte angeschaut und sich überlegt, was er sagen sollte, wenn er unterwegs angehalten würde. Er hatte sich Sorgen gemacht, weil der Weg mitten durch die Polder führte und er sich nirgends verstecken konnte. Aber es hatte sich herausgestellt, dass das kein Problem war. Er konnte in einem langen Zug von Passanten untertauchen, die mit Fahrrädern, Schubkarren und Bollerwagen unterwegs waren und einen freundlichen Bauern suchten, der ihnen noch etwas Essbares verkaufen wollte. Er war einfach einer von ihnen. Niemand konnte wissen, was er vorhatte. Selbst Mutter ahnte nichts davon.

Mit jedem Kilometer, den er sich weiter von zu Hause entfernte, nahm der Zweifel zu. Es war ihm lange gelungen, den Gedanken an den entscheidenden Vorfall, bei dem er so versagt hatte, zu verdrängen und die Gerüchte rund um die Familie ten Boom und ihre Widerstandsgruppe nicht an sich herankommen zu lassen. In den Schlangen vor den Geschäften hörte er manchmal den Namen von Tante Kees, der immer in einem traurigen Tonfall ausgesprochen wurde. Dann verschloss er die Ohren vor den Gesprächen um sich herum und dachte an andere Dinge. Was half es ihm zu erfahren, dass sie immer noch nicht freigelassen worden war? Manchmal kam Jaaps Mutter auf eine Tasse Tee vorbei. Dann flüchtete Henk nach oben, um ihr Geflüster nicht zu hören.

Wenn er jetzt weiterfuhr, würde er wahrscheinlich bald wieder bis zum Hals in Schwierigkeiten stecken.

„Komm zum Bauernhof von Drukker. J.“

Das war alles, was auf dem Zettel gestanden hatte, aber er hatte Jaaps Gekrakel sofort erkannt. Er hatte den Zettel schnell in den Ofen geworfen und war dann im Zimmer auf und ab gelaufen und hatte auf Jaap geschimpft. Er wollte das nicht: dass die Wunden wieder aufrissen und seine Schuldgefühle noch schlimmer wurden. Das durfte Jaap nicht von ihm verlangen. Was auch immer Jaap von ihm wollte – Henk war dafür nicht geeignet. Das hatte er bewiesen.

Trotzdem war er schließlich auf sein Rad gestiegen.

Der Bauernhof kam in Sicht. Er umklammerte den Lenker mit seinen gefühllosen Händen und blinzelte, weil seine Augen vor Kälte tränten.

Er konnte noch umkehren, fliehen, so wie damals. Aber seine Beine traten weiter in die Pedale, seine Lenkstange bewegte sich nach rechts, und bald hatte er den Hof erreicht. Es war still hier, nur der Wind pfiff ums Haus. War überhaupt jemand da?

Henk stieg mit steifen Beinen vom Rad und zögerte. Gereizt fragte er sich, warum Jaap ihm nicht geschrieben hatte, was er tun sollte, wenn er angekommen war.

Er ging über den Hof zu den Gebäuden und stellte sein Rad an der großen Scheune ab, neben einer Tür. Die Tür öffnete sich quietschend, und Henk wollte sich unwillkürlich wegducken.

„Hierher“, rief eine vertraute Stimme. Henk atmete langsam wieder aus, und er schlüpfte erleichtert in die Scheune.

Als er und Jaap einander in die Arme fielen, wusste er, dass er die richtige Entscheidung getroffen hatte.

„Bist du schon die ganze Zeit hier?“ Henk ließ sich in das Stroh auf dem Heuboden fallen, und Jaap setzte sich neben ihn.

„Nein, das ist schon meine dritte Adresse seit der Razzia bei den ten Booms. Jedes Mal irgendwelches Theater, wirklich blöd. Aber hier auf diesem Bauernhof ist es gut, ich denke, dass ich hier eine Zeit lang bleiben kann."

„Sind hier noch mehr Untergetauchte?"

Jaap sah ihn durchdringend an. Henk spürte, wie seine Wangen rot wurden.

„Sorry, nicht zu neugierig sein", murmelte er.

„Genau", antwortete Jaap. „Sonst kann ich dich nicht gebrauchen."

„Gebrauchen? Wofür?"

„Ich brauche eine Kontaktperson in Haarlem, jemanden, der mich ein bisschen auf dem Laufenden hält und ab und zu Nachrichten überbringen kann. Meine andere Kontaktperson ist jetzt selbst untergetaucht. Du kannst dich noch frei bewegen, ohne dass sie dich als Zwangsarbeiter rekrutieren. Dafür bist du noch zu jung."

Henk schwieg, aber innerlich kannte er seine Antwort schon. *Nein, ich bin nicht der Richtige, ich bin ungeeignet.*

„Ich habe schon lange nichts mehr von Tante Kees gehört. Weißt du etwas über sie und Tante Bep?", fuhr Jaap fort.

„Ich …", begann Henk. Was sollte er sagen? Dass er es nicht wusste, weil er sich völlig gegen alle Nachrichten abgeschirmt hatte? Dann würde Jaap fragen, warum. Und was dann? Nicht um alles Geld der Welt würde er ihm erzählen, was er auf dem Gewissen hatte.

„Gibt es schlechte Nachrichten?", fragte Jaap erschrocken.

Henk schüttelte den Kopf. „Nein, das ist es nicht", stammelte er. „Ich weiß es nicht. Ich habe keine Ahnung, was mit Familie ten Boom passiert ist, nachdem sie verhaftet wurden."

„Weißt du überhaupt nichts?" Ungläubig starrte Jaap ihn an. Henk wischte sich ein bisschen Stroh von den Beinen.

„Nein."

„Na so was." Jaap pfiff durch die Zähne. „Ich hätte gedacht, dass ganz Haarlem Bescheid wüsste. Du weißt doch bestimmt, dass Opa schon nach zehn Tagen im Gefängnis von Scheveningen gestorben ist?" Henk stöhnte auf und krümmte sich zusammen. „Ich weiß gar nichts." Er hätte sich gewünscht, dass es so geblieben wäre. Opa, dieser gute Mann!

„Tante Kees und Tante Bep waren auch in Scheveningen, aber sie sind letzten Sommer nach Vught ins Konzentrationslager gekommen."

Henk sprang auf. „Das ist … das ist doch im Süden?" Der Süden der Niederlande war im September befreit worden. Wenn Tante Kees da gewesen war, war sie jetzt auch frei!

Jaap nickte. „Ja, aber ich habe gehört, dass das Lager bald darauf geräumt wurde …" Er holte tief Luft.

Henk schlug die kalten Hände vors Gesicht und hörte wieder die anklagende Stimme, die ihm zurief, dass er das hätte verhindern können.

„Viele Männer sind erschossen worden, aber die Frauen wurden nach Deutschland verlegt. Das habe ich jedenfalls gehört."

„Dann könnten sie also noch leben?“ Henks Stimme war kaum verständlich, aber Jaap nickte. „Vielleicht weiß Anna mehr. Triffst du sie noch manchmal?“

„Nein“, sagte Henk und wandte den Kopf ab. Was sollte Jaap nur von ihm denken?

Aber was immer Jaap dachte, er sagte es nicht. Henk war ihm dankbar dafür. „Ich kann aber wieder Kontakt mit ihr aufnehmen. Ich weiß ja, wo sie wohnt.“

„Ja, gute Idee. Wenn jemand etwas weiß, dann sie. Und ihr hattet euch doch gut verstanden, oder?“ Jaap stupste Henk mit der Schulter.

„Hmm“, antwortete Henk. Der Gedanke an Anna machte ihm Angst. Ihren Kummer zu sehen, würde schrecklich sein. Aber gleichzeitig musste er an ihr Lachen denken und wie schön es gewesen war, mit ihr zusammen zu sein. Vielleicht war jetzt der Moment gekommen, allen Mut zusammenzunehmen und einen neuen Anlauf zu machen – immerhin hatte er nun einen guten Grund, sich bei ihr zu melden.

Die Aussicht, sie wiederzusehen, zauberte unwillkürlich ein Lächeln auf sein Gesicht.

Jaap sah es und deutete mit dem Zeigefinger auf ihn. „Junge, Junge, Henk! Versprich mir, dass ich euer Trauzeuge bin, wenn ihr heiratet!“, foppte er.

Henk musste lachen. „Wer redet denn vom Heiraten?“ Er dachte unwillkürlich an früher – wie oft sie miteinander herumgealbert und sich gegenseitig auf den Arm genommen hatten. Er ließ sich von dem Strohballen hinunterrollen und schüttelte seine traurigen Gedanken für einen Moment von sich ab. „Einfach mal zusammen einen Nachmittag am Strand verbringen, das fände ich besser."

„Der Strand ist voller Moffen", schnaubte Jaap.

„Aber nicht mehr lange", rief Henk. „Noch ein paar Wochen, dann sind sie besiegt!"

Jaap rollte johlend an ihm vorbei. „Juchhu, dann können wir uns in die Wellen stürzen, Eis essen und am Strand Fußball spielen. Wenn die Moffen abgehauen sind, können wir feiern ohne Ende!"

„Wenn die Moffen weg sind, essen wir, bis wir platzen." Henk kletterte wieder auf den Strohhaufen und stellte sich hin.

„Und wir singen den *Wilhelmus* so laut, bis wir heiser sind."

Er warf die Arme in die Luft, sprang hoch und ließ sich hintenüber fallen. „Frei, frei, frei! *Oranje boven!*"[8]

„Gehen und stehen, wo man will, den Mädels nachlaufen, im Kino Filme ohne deutsche Propaganda angucken und keine Ausweispflicht mehr. Wir sind bereit – weg mit den Moffen!"

Jaap warf einen Armvoll Stroh in die Luft und prustete, als die Ladung wieder herunterfiel.

Sie begannen alle beide, unbändig zu lachen, bis sie Bauchschmerzen hatten, und beruhigten sich erst wieder, als ihnen jemand zornig zurief, dass sie sich ruhig zu verhalten hatten. Henk seufzte tief, als sie wieder still nebenein-

---

8 Etwa: „Holland gewinnt!"; oft auch als Schlachtruf der niederländischen Fußballfans verwendet (Anmerkung der Übersetzerin).

ander saßen. „Ich werde deine Kontaktperson sein und zu Anna gehen, um Informationen zu bekommen. Sobald ich etwas weiß, komme ich zurück."

Jaap streckte feierlich die Hand aus und schüttelte die von Henk. „Abgemacht! Und sei vorsichtig."

KAPITEL 19

TRAURIGE NEUIGKEITEN

Er zitterte. Diesmal nicht vor Hunger oder Kälte. Dass man solche Angst vor einem Mädchen haben konnte, hätte er vor einem Jahr nicht geglaubt. Aber er zweifelte ernstlich daran, ob es ihm gelingen würde, Jaaps Auftrag auszuführen. Anna …

Was sollte er sagen, wenn sie fragte, warum er in den vergangenen Monaten nicht versucht hatte, sie zu treffen oder mit ihr zu reden? Konnte er sie anlügen oder einfach verschweigen, dass er an jenem schrecklichen Nachmittag vor Ort gewesen war? Und was, wenn er ihr die Wahrheit sagte und ihr die schrecklichsten Minuten seines Lebens schilderte? Wie würde sie darauf reagieren? Er hatte keine Ahnung.

Aber er hatte es Jaap versprochen. Er musste zu ihr gehen, mit ihr reden und herausfinden, wie es ihren Tanten ging.

Während Henk am Wasser entlanglief, sah er in der Ferne deutsche Soldaten stehen. Zum Glück war er nicht mit dem Rad unterwegs. Es konnte einem passieren, dass sie einen anhielten und das Rad beschlagnahmten, und dann war man es los.

Er wollte sicherheitshalber noch einen kleinen Umweg um einen Häuserblock machen. Er bog nach links in eine kleine Gasse ein. Das Sträßchen wirkte kahl und kalt. Am Straßenrand standen kurz abgesägte Baumstümpfe, ordentlich in einer Reihe. Im Jahr zuvor hatten hier zu beiden Seiten auf dem Bürgersteig noch große Bäume gestanden, aber die waren inzwischen alle zu Brennholz verarbeitet worden. Es gab schon seit Monaten kein Gas und keinen Strom mehr, und die Menschen suchten nach immer neuen Möglichkeiten, um noch ein bisschen heizen und kochen zu können.

Weiter vorn liefen zwei Jungen in einem schicken Anzug. Der eine hatte eine große Trommel auf dem Bauch, der andere streckte stolz eine orangefarbene Fahne in die Höhe. In ihrer Mitte befand sich ein blauer Kreis, in dem eine Möwe flog. Die Fahne des *Jeugdstorm.*

Sie hatten bestimmt wieder ein tolles Treffen mit ihren falschen Freunden. Henk wurde schon bei dem Gedanken daran übel.

Er verlangsamte das Tempo und musterte die Jungen. Den einen kannte er! Ja, kein Zweifel, das war Gerrit. Er war vielleicht ein bisschen gewachsen, aber ansonsten war er derselbe geblieben. Er spürte die Wut wie Lava in seinem Innern aufsteigen, als er den Brief wieder vor sich sah. Wegen diesem Verräter war Liese schon seit Monaten kaum noch draußen gewesen! Wenn er ihn jemals in die Finger bekommen sollte, nachdem die Deutschen besiegt waren …

Plötzlich hörte er in seinem Kopf die Worte von Tante Kees widerhallen, die sie einmal zu ihm gesagt hatte: *Nimm dich in Acht vor Hass, Junge.* Ja, genau das war es, was er für Gerrit empfand: Hass! Wie hätte es auch anders sein können?

Lass dich von der Liebe des Herrn leiten. Das hatte sie auch gesagt, damals in der Küche, er wusste es noch genau. Aber jetzt war Tante Kees von den Deutschen verhaftet worden, und ihren Vater hatten sie ermordet. Ob sie heute noch dasselbe sagen würde?

Henk sah, wie die Jungen abbogen. Er lehnte sich an den Zaun und wartete, bis sie außer Sichtweite waren. Es war nur gut, dass er heute Nachmittag ein anderes Ziel hatte, er hatte keine Zeit, diese Kerle herauszufordern. Er musste zu Anna, und er ging zu Anna, auch wenn seine Beine in diesem Moment schwer waren wie Blei.

Verlegen nahm Henk seine Mütze ab. Verblüfft starrte Anna ihn an. Uiii, seine Haare! Er hatte natürlich einen kahlen Schädel, das hatte er gerade total vergessen.

„Tja, ich hatte Haustiere", gestand er. „Aber keine Angst, jetzt sind sie weg!"

Anna lächelte und machte die Tür ganz auf. „Dann darfst du reinkommen."

„Wer ist da?", rief eine Stimme von oben.

„Henk, der Junge, der manchmal mit seiner Schwester bei Tante Kees war", rief Anna zurück.

Sie hatte sich verändert, fand Henk. Ihr Gesicht wirkte ernst, trotz ihres vordergründigen Lächelns.

„Lange nicht gesehen", sagte sie.

Henk blickte zu Boden und nickte. „Ja, tut mir leid." Mehr konnte er dazu nicht sagen. Mehr wollte er auch nicht sagen.

Es war still im Flur. Irgendwo schlug eine Uhr drei, und draußen brummte ein Moped vorbei.

Er hörte Anna schlucken und fragen: „Möchtest du einen Tee? Es ist so viel passiert. Wenn du willst, erzähle ich es dir."

Er nickte und begann, langsam seine Jacke aufzuknöpfen. Ja, er musste wissen, was passiert war, er konnte nicht mehr vor der Wahrheit weglaufen.

Auf dem Schränkchen stand ein Familienfoto, genau in Henks Blickfeld. Es schien, als ob alle mithörten, während Anna erzählte, was am 28. Februar 1944 passiert war.

„Tante Kees war krank und lag an diesem Tag im Bett. Aber dann kam ein Mann, der sie unbedingt sprechen wollte. Er brauchte Geld, weil seine Frau im Gefängnis saß. Für sechshundert Gulden würde sie wieder freigelassen, sagte er. Es war ein Verräter, der versuchte, Beweise gegen die Familie zu sammeln, aber …"

„… weil Tante Kees krank war, durchschaute sie ihn nicht", ergänzte Henk.

Anna nickte. „Ja, wahrscheinlich. Sie konnte das Geld aufbringen, und der Mann kam am Nachmittag zurück, zusammen mit dem Sicherheitsdienst."

Sofort hatte Henk sie wieder vor Augen, die Männer, die hinter ihm hergingen. Sein Herz begann zu klopfen, als würde er den Vorfall noch einmal erleben, und er presste die Lippen zusammen, um nicht laut zu rufen: „Ich hab's gesehen, ich war da in der Straße!"

„Sie verschafften sich Eintritt ins Haus und machten sich sofort auf die Suche nach Untergetauchten." Sie zog die Nase hoch. „Zu dem Zeitpunkt hielten sich vier Juden und zwei Widerstandskämpfer im Haus versteckt. Sie wurden mithilfe des Alarmsystems gewarnt."

„Das hatten sie oft geübt."

„Ja, zum Glück. Tante Kees lag in ihrem Zimmer und konnte gerade noch rechtzeitig die Klappe hinter ihnen zumachen, bevor ein *SD*-ler in ihr Schlafzimmer stürmte.

„Dann war das Versteck in ihrem Zimmer?"

Anna lächelte. „Ja, genau. Sie hatten dort eine Zwischenwand einziehen lassen und einen Schrank davorgestellt. Unten in dem Schrank war eine Klappe, durch die die Leute kriechen mussten. Das war der beste Ort, weil es ganz oben im Haus war. Das gab den Menschen Zeit, sich in Sicherheit zu bringen, wenn unten eine Razzia stattfand. Sie hatten das prima gemacht, sogar die Tapete war alt, sonst hätte man sofort gesehen, dass mit der Wand irgendwas nicht stimmte. Das Versteck war nicht groß, es passten sechs Menschen hinein."

Henks Mund war trocken wie Papier geworden. Er balancierte auf der Stuhlkante. „Haben sie die Untergetauchten gefunden?"

Zufrieden schüttelte Anna den Kopf. „Das Versteck war perfekt. Sie haben sich dumm und dämlich gesucht und sogar die Fußbodenbretter weggemacht, aber sie haben es nicht entdeckt! Die Deutschen dachten, dass sie die Untergetauchten aus ihrem Versteck locken könnten, und haben lange am Haus Wache gehalten. Zwei Tage nach der Razzia konnte der Widerstand es organisieren, dass zwei gute Polizisten Dienst hatten. Die haben die Leute befreit. Zwei sind über das Dach geflüchtet, die vier anderen konnten durch die Seitentür entkommen. Dann sind sie in andere Verstecke gebracht worden."

„Klasse!", rief Henk. Einen Moment lang verspürte er ein Gefühl von Triumph und Erleichterung. Jedenfalls hatten die Untergetauchten nicht unter seiner Feigheit leiden müssen. Doch dann wurde ihm die Realität wieder bewusst. „Aber Tante Kees haben sie mitgenommen, obwohl sie keinen Beweis gegen sie hatten!"

„Ja, und die anderen auch. Mein Opa hatte sich gerade mit ein paar Leuten zum Gebet getroffen, meine Mutter war auch da, die Angestellten vom Geschäft und noch viel mehr Leute, die später vorbeikamen."

„Und das Alpina-Schild …", begann Henk, aber er vollendete seinen Satz nicht. Das durfte er nicht sagen, das konnte er doch nicht wissen!

Anna merkte es nicht und fuhr fort: „Ja, das stand im Fenster. Die Deutschen hatten begriffen, dass das Schild als Zeichen diente, dass alles sicher war. Es war kaputtgegangen, aber sie haben es geklebt und wieder ins Fenster gestellt. So haben sie alle in die Falle gelockt. Alle, die reingekommen sind, wurden festgenommen, verhört und verprügelt. Sie haben mindestens dreißig Leute auf die Polizeiwache gebracht."

Zitternd nahm Anna ihre Tasse und trank langsam einen Schluck. „Am Tag darauf haben sie die ganze Familie nach Scheveningen ins Gefängnis gebracht. Da haben sie Opa zum letzten Mal gesehen. Mutter hat gesagt, dass er ganz ruhig war. Er hatte auf der Polizeiwache noch um eine Bibel gebeten und meinen Onkel ein Stück daraus vorlesen lassen. Es war Psalm 91. Dort steht, dass Gott alle beschützt, die auf ihn vertrauen."

Anna hielt ihre Tasse mit beiden Händen umklammert und betrachtete das Foto. Opa mit seinem freundlichen Gesicht inmitten seiner Kinder und Enkel.

„Er ist nach zehn Tagen in Scheveningen gestorben", sagte sie leise. „Wir haben ihn oft gewarnt, dass er ins Gefängnis kommen könnte, weil er so vielen Juden half. Dann sagte er immer: ‚Ich bin viel zu alt, um ins Gefängnis zu kommen, und wenn es doch passiert, dann ist es eine Ehre für mich, mein Leben für die Juden, das geliebte Volk Gottes, zu geben.' Und genauso ist es gekommen."

Eine bedrückende Stille erfüllte den Raum. Henk wollte Anna trösten, aber er wusste nicht, wie.

„Meine Mutter und viele andere mussten nicht so lange im Gefängnis bleiben, aber Tante Bep und Tante Kees wurden nicht freigelassen. Wir wissen nicht, warum und auch nicht, wann sie wieder freikommen. Tante Kees war ganz allein in einer Zelle, weil sie immer noch krank war, darum waren sie noch nicht einmal zusammen. Zum Glück konnten wir ihnen Briefe und Pakete schicken. Wir haben ganz viel geschrieben und gebetet. Es ist schön, wenn man was machen kann."

Anna ging zu einer Kommode und zog eine Schublade auf. Sie nahm ein Päckchen heraus und legte es auf den Tisch. Ein Stapel graue Briefumschläge, mit einem Bindfaden zusammengebunden.

„Das sind die Briefe von Tante Kees und Tante Bep.“ Sie löste vorsichtig die Schleife und nahm einen Brief aus einem Umschlag. „Tante Bep schreibt im Mai, dass sie vier Mal verhört wurde, aber das hat Gott wunderbar geführt, denn sie konnte Zeugnis von ihm geben. Bei all dem Schlimmen, das sie im Gefängnis erlebt haben, geschah dort auch Gutes. Tante Kees hat geschrieben, dass Gott ihr ganz nah war, obwohl sie allein in der Zelle war.“ „Ausgerechnet Tante Kees – das war bestimmt schrecklich für sie.“ Henk dachte an all die Menschen, die im Beje ein- und ausgegangen waren. Tante Kees genoss es so, mit anderen zusammen zu sein.

„Ja, aber im Lager in Vught kam sie wieder mit Tante Bep zusammen. Sie wurden im Juli dorthin gebracht und waren dann wieder beisammen.“

Anna zog einen Brief aus dem Stapel. „Schau, im Juli schreibt sie: ‚*Bep und mir geht es gut. Wir sind jetzt wieder zusammen und schlafen nebeneinander.*‘ Es war in Vught auch in mancher Hinsicht besser als in Scheveningen. Allerdings hatten sie oft Hunger. Wir konnten ihnen ab und zu was schicken, Essen und Kleidung. Manchmal wurden sie bestraft, weil sie ihre Betten nicht ordentlich gemacht hatten, dann durften sie keine Pakete bekommen. So was Gemeines! Aber es gab auch kleine Lichtblicke.“

Anna lächelte und las vor: „*Macht euch keine Sorgen, dass es uns an irgendwas fehlt. Der Herr sorgt immer wieder wun-*

derbar für uns. Wenn wir etwas nicht haben, ist immer jemand da, der es uns gibt. Als ich zum Beispiel ins Lagerkrankenhaus ging, um Vitamin B zu holen, hat mir eine Putzfrau einen halben Kuchen geschenkt!"

Henk merkte, wie sein Magen knurrte. Er hatte schon lange keinen Kuchen mehr gegessen, aber an den Geschmack erinnerte er sich noch gut. Das würde er auch tun, wenn sie wieder frei waren: Kuchen essen. Er stellte sich vor, wie sie am Sonntagnachmittag zu viert Tee trinken würden. Papa, Mama, Liese und er, mit Kuchen für jeden. Wenn die Truppen der Alliierten nur endlich über den Fluss kommen und auch in die Niederlande vorstoßen würden!

„Meine Mutter hat den ganzen Sommer lang versucht herauszufinden, wann sie freigelassen werden", fuhr Anna fort. „Immer wieder kam eine andere Auskunft. Einmal hieß es, sie würden freigelassen werden, dann wieder, dass die Angelegenheit sich noch hinzöge und dass noch nicht klar wäre, wie es weitergehen würde. Dann kam der *Dolle Dinsdag*[9], und alle dachten, jetzt kommen sie frei, jetzt wird alles gut. Aber das war leider nur ein Gerücht."

Der unterste Brief in dem Stapel war klein und zerknittert. Anna faltete ihn auseinander. „Sie sind in ein Konzentrationslager gebracht worden, mitten in Deutschland." Sie starrte auf das Papier. „Diesen Brief haben sie wahrscheinlich aus dem Zug geworfen. Glücklicherweise ist er in gute Hän-

---

9 Der „tolle Dienstag" – der 5. September 1944, an dem das Gerücht kursierte, die Befreiung der Niederlande stünde unmittelbar bevor (Anmerkung der Übersetzerin).

de geraten, und der Finder hat ihn uns geschickt. Sonst wüssten wir jetzt immer noch nicht, was mit ihnen passiert ist."

Henk schaute ihn an und las: „*Corrie und Betsie ten Boom. Auf dem Transport nach Deutschland.*"

Ein Konzentrationslager. Das hörte sich schrecklich an. Konnte man so etwas überleben, oder waren sie vielleicht schon tot? Wie anders hätte es ablaufen können, wenn er … Er hätte sich vor Scham am liebsten versteckt.

„Jetzt wissen wir gar nichts mehr. Wir haben überhaupt keinen Kontakt."

Anna sah zu ihm auf, und er wagte kaum, ihren Blick zu erwidern vor lauter Angst, dass sie sehen könnte, was er dachte. „Ich hab' Angst", flüsterte sie.

Er nickte. „Ja", war alles, was er herausbrachte.

Sie schwiegen.

„Glaubst du, wir können irgendwas tun?" Henk hatte keine Ahnung, was, aber er hatte das Gefühl, dass er das fragen musste.

Anna stand auf und legte die Briefe zurück in die Schublade. Sie zuckte traurig die Schultern. „Meine Mutter hat schon alles versucht."

„Ich könnte Jaap fragen, ob er irgendeine Idee hat. Er kennt inzwischen auch viele Leute vom Widerstand."

„Hast du Kontakt zu Jaap? Er ist doch untergetaucht?"

„Ja, das stimmt. Er hat mich gefragt, ob ich seine Kontaktperson sein würde." Henk war doch ein bisschen stolz, als er das sagte. „Ich war bei ihm. Er wollte gern wissen, ob es etwas Neues von Tante Kees gibt, darum hab' ich gesagt, ich würde Kontakt zu dir aufnehmen."

„Bist du deshalb hier?“ Anna hielt den Kopf schief und sah ihn stirnrunzelnd an. „Wegen Jaap?“

„Äh, nein, also …“ Henk begann zu stottern. „Ich wollte es natürlich auch selbst wissen, aber als Jaap mich dann gebeten hat …“

Uff, das klang nicht sehr überzeugend. Er sah, dass Annas Blick immer finsterer wurde, und hielt inne. Wie konnte er die Situation noch retten?

„Du bist also eigentlich nur gekommen, weil Jaap dich darum gebeten hat? Nicht, weil wir Freunde sind und weil du dich schon lange nicht mehr gemeldet hast?“ Enttäuscht schüttelte Anna den Kopf.

„Natürlich sind wir Freunde, und das ist auch ein Grund, warum ich hier bin.“ Henk hörte selbst, wie lahm sich das anhörte, und stand langsam auf. „Doch, wirklich, Anna.“

„Aber meiner Ansicht nach gehört zu Freundschaft auch, dass man füreinander da ist, wenn es schwierig wird.“ Anna wählte ihre Worte mit Bedacht. „Wahre Freunde bleiben nicht monatelang weg und stehen dann plötzlich wieder ohne Erklärung vor der Tür.“

„Ich …“, begann er, aber er konnte es nicht sagen. Die Wahrheit würde hier nicht helfen. Wenn sie wüsste, was er getan hatte, und vor allem, was er nicht getan hatte …“

„Du hast Recht“, murmelte er. Er blickte zu Boden, damit er ihr nicht ins Gesicht sehen musste. „Ich hab’ als Freund total versagt.“

Anna schwieg, während er sich beschämt umdrehte und ging. Hinter ihm fiel krachend die Tür ins Schloss.

KAPITEL 20

AUF DER FLUCHT

Im Stillen hatte er gedacht, dass es nicht mehr schlimmer werden könnte. Wie sehr er sich geirrt hatte. Er hatte wieder versagt. Eine Freundschaft kaputt gemacht, einen kleinen Hoffnungsschimmer zerstört.

Ärgerlich wischte er sich eine Träne von der Wange. Idioten waren schlimm, Idioten, die heulten, waren noch viel schlimmer.

Er wollte nicht nach Hause, aber draußen war es vor Kälte nicht auszuhalten, daher hatte er keine Wahl. Wenn Mutter nur nicht fragte, wie es gelaufen war. Aber die Hoffnung konnte er begraben. Das würde sie ganz bestimmt tun. Sie hatte sich so gefreut, als sie gehört hatte, dass er zu Anna ging. Wenn er doch nur nichts gesagt hätte.

Liese saß in der Küche auf ihrem Stuhl neben dem kleinen Ofen. Sie war in zwei Decken gewickelt. Sie sah blass und kränklich aus, obwohl sie nicht wirklich krank war. Henk wollte an ihr vorbei nach oben rennen, aber als sie seinen Namen sagte, blieb er stehen.

„Komm, Heng.“ Sie streckte die Hand nach ihm aus.

Oh nein, jetzt nicht. Er wollte in sein Zimmer, allein sein. Aber es war Liese, die ihn bat. Er zögerte und gab schließlich nach. „Na gut, Liese, ich setze mich ein bisschen zu dir."

Er rückte einen Stuhl vom Tisch und setzte sich neben sie. Zum Glück war Mutter anscheinend gerade oben, dann brauchte er ihre neugierigen Fragen jetzt noch nicht zu beantworten.

Liese nahm Henks Hand. „Heng lieb."

„Ja, das denkst du vielleicht. Aber Henk ist nicht immer lieb." Er sah seine Schwester an und strich ihr über die Wange. Sie lächelte breit.

„Lieb!", wiederholte sie.

Er seufzte. „Henk ist traurig und wütend." Er biss sich auf die Lippen. „Aber vor allem feige. Wenn es drauf ankommt, ist er ein Feigling und ein Angsthase. Ach, Liese, was soll ich bloß machen?"

Er schloss die Augen und schlug die Hände vors Gesicht.

„Beten", sagte Liese und streichelte über seinen Kopf.

Verblüfft sah er auf. „Was hast du gesagt?"

„Heng beten", wiederholte Liese und kicherte.

Meinte sie vielleicht, dass es aussah, als würde er beten? Oder wollte sie ihm klar machen, dass er beten sollte?

„Soll ich beten?" Henk konnte kaum glauben, dass sie das gesagt hatte.

„Jaaaaa!"

Er schüttelte verwirrt den Kopf. Solch ein Gespräch hatte er noch nie mit ihr geführt. Als hätte sie ihn wirklich verstanden und ihm geantwortet, als er sich fragte, was er machen sollte. Er hörte die Treppenstufen knarren und stand zögernd auf. Er drückte einen leichten Kuss auf Lieses warme Wange.

„Ich komme gleich wieder", sagte er schnell, als Mutter in die Küche kam. „Ich muss nur kurz was in meinem Zimmer machen."

„Wir gehen weg aus Haarlem." Henk hätte es am liebsten nicht erzählt, aber er kam nicht darum herum.

Jaap sah ihn entgeistert an. „Wohin denn?"

„Zu Verwandten in die Veluwe[10]. Sie wohnen auf einem Bauernhof. Das ist besser für Liese. Hier muss sie die ganze Zeit im Haus bleiben, das ist nicht gut für ihre Gesundheit. Außerdem gibt es da wahrscheinlich mehr zu essen."

Jaap nickte. „Wie lange?"

„Tja, das hängt von den Alliierten ab", sagte Henk düster. Es war erst zwei Wochen her, seit sie miteinander gelacht und von der Freiheit geträumt hatten, aber seitdem schien eine Ewigkeit vergangen. Es gab nichts mehr zu lachen. Der Winter war bitterkalt, und die Befreiung schien weiter entfernt als je zuvor. Jaap würde sich eine andere Kontaktperson suchen müssen, und niemand konnte sagen, wann sie einander wiedersehen würden.

„Ich hab' dir die Adresse mitgebracht. Vielleicht können wir uns ja noch Briefe schreiben." Natürlich war die Chance gering, dass die Briefe in dieser Zeit noch ankommen

10 Ein großes, zusammenhängendes Wald- und Heidegebiet in der niederländischen Provinz Gelderland (Anmerkung der Übersetzerin).

würden. Außerdem wurde die ganze Post von den Besatzern gelesen, was konnte man also überhaupt schreiben?

Trotzdem gab Henk Jaap den Zettel. Der steckte ihn ungelesen in die Hosentasche.

Dann nahmen sie schnell Abschied voneinander, ernst und bedrückt.

„Bis bald." Henk hatte es deutlich und betont gesagt, denn er wollte weiterhin daran glauben, dass sie einander bald wiedersehen würden. Dann würden sie frei sein. Irgendwann musste dieses Elend doch zu Ende sein?

An Liese geschmiegt, dachte er daran zurück, wie er sich von Jaap verabschiedet hatte. Sie saßen nun zu dritt in der Kutsche eines Bauern, der sie ein Stück weiter nach Osten bringen sollte. Autos fuhren schon lange nicht mehr, denn Benzin gab es nur noch für die deutschen Soldaten. So ein altmodischer Pferdewagen war jetzt wirklich praktisch.

Natürlich war es nicht schön, dass sie ihr eigenes Zuhause verlassen mussten, aber Henk hatte im Stillen gedacht, dass das auch bedeutete, dass er nun nicht mehr tagtäglich mit seinem eigenen Versagen konfrontiert wurde. Dass er sich nicht mehr ängstlich auf der Straße umsehen musste, weil er befürchtete, Anna zu begegnen. Er brauchte keine Ausreden mehr zu erfinden, wenn Jaap ihn fragte, ob er irgendwelche Neuigkeiten von der Familie ten Boom erfahren hatte, und er brauchte sich keine Umwege mehr zu überlegen, damit er nicht durch die *Barteljorisstraat* gehen musste.

Es kam ihm vor wie eine Flucht, aber *er* hatte diese Entscheidung nicht getroffen. Es war Mutters Idee gewesen.

Am Tag nach jenem schrecklichen Nachmittag bei Anna hatte Mutter die Nachricht erhalten, dass sie zu einer Tante und einem Onkel von Mutter kommen konnten.

Sie hatten sofort angefangen zu packen. In der ganzen Hektik hätte er sogar Jaap fast vergessen. Im letzten Moment war er noch durch den Polder geradelt, um sich von ihm zu verabschieden.

Nun ließ er Haarlem hinter sich und konnte vergessen, was dort geschehen war. Vielleicht war das jetzt das Beste.

Allmählich hatte der Winter dem Frühling Platz gemacht. Henk hatte in dieser Zeit gemerkt, wie dumm es gewesen war zu glauben, dass er alles, was in Haarlem geschehen war, einfach so vergessen könnte. In diesen drei Monaten in der Veluwe war kein Tag vergangen, an dem er nicht an die Ereignisse des vergangenen Jahres gedacht hätte. Anna, Jaap, Gerrit, Tante Kees, Tante Bep und Opa, sie waren ihm näher gewesen als je zuvor, und gleichzeitig so unerreichbar wie nie.

Nein, er hatte keinen Hunger mehr, und ja, er war froh über die Freude, die sich in Lieses Gesicht spiegelte, wenn sie draußen spielte. Henk konnte wunderbar mit seinem Cousin Fußball spielen, durfte die Schule besuchen, solange er hier wohnte, und fuhr bei schönem Wetter stundenlang durch die Wälder der Veluwe. Aber er war gefangen in seinen eigenen Erinnerungen und wusste nicht, wie er ihnen entkommen konnte.

Er hatte bestimmt hundertmal begonnen, einen Brief an Anna zu schreiben, aber er hatte sie alle zerrissen. Jeden Tag war er wider besseres Wissen erwartungsvoll zum Briefkasten gelaufen, aber nie lag ein Brief von Jaap für ihn darin.

Als sie sich nach den langen Wintermonaten endlich auf den Heimweg machten, sah alles ganz anders aus als damals, als sie fortgegangen waren. Der Frühling hatte alles Trübe und Graue vertrieben. Das Gras war wieder grün und glänzend, die Bäume hatten schon kleine Knospen, und hier und da standen schon Obstbäume in Blüte.

Aber Henk ließ sich nicht zum Narren halten. Es hatte sich nichts geändert. Seine Gespenster liefen hier noch herum. Er war schuld daran, dass Tante Kees und Tante Bep noch im Konzentrationslager waren, und diese Last würde er niemals loswerden.

Die Stadt erschien am Horizont, und Mutter seufzte tief. „Wir sind schon fast wieder zu Hause!“, sagte sie glücklich.

Sobald die Alliierten aus dem Osten in die Niederlande vorgestoßen waren, hatte Mutter wieder nach Hause gewollt. „Stell dir mal vor, dass Vater früher da wäre als wir“, hatte sie gesagt.

Sie hatten zwei Fahrräder ausgeliehen bekommen und hatten sich mit Taschen voller Lebensmittel auf den Weg gemacht. Zwei Mal konnten sie bei Bekannten übernachten. Ab und zu mussten sie Umwege machen, weil die Deutschen irgendwelche Straßensperren errichtet hatten. Liese, die hinten bei Henk auf dem Rad saß, hatte viel gejammert, und sie mussten oft Pause machen, damit sie sich ausruhen konnte.

„Du hast dich so tapfer geschlagen, Henk. Ich bin richtig stolz auf dich. Schaffst du es noch bis nach Hause?“

Er nickte. Sie waren ja schon fast da. Bald würde er in sein Bett fallen, darauf freute er sich schon seit Stunden.

Mutter fuhr vor ihm her durch die bekannten Straßen der Stadt, über die *Lange Brug* Richtung Zentrum.

Plötzlich merkte Henk, dass sie in die *Barteljorisstraat* einbogen. „Nein, Mutter, nicht hier entlang!“, rief er, aber sie hörte es nicht.

Er würde keinen Umweg fahren, beschloss er, sondern seine letzten Kräfte mobilisieren, um so schnell wie möglich an Nummer 19 vorbeizusprinten. Aber da war irgendetwas, das stärker war als er, denn sein Kopf wandte sich zur Seite, und im nächsten Moment suchten seine Augen das Uhrengeschäft zu seiner Rechten. Seine Hände wurden klamm und er begann zu keuchen, als das Haus auftauchte. Das Schaufenster war ihm vertraut, und doch auch wieder nicht. Es waren keine Wecker und Armbanduhren zu sehen. Er sah die kleine Gasse mit der Seitentür, die zur Wohnung führte, die Fenster im oberen Stockwerk, hinter denen damals viele Menschen versteckt gehalten wurden. Er hörte ein quietschendes Geräusch. Eines der Fenster wurde geöffnet. Es war jemand zu Hause! Wer konnte das sein? Ob die Tanten …?

Für einen Moment verlangsamte er das Tempo, dann trat er wieder in die Pedale. Nein, bloß nicht anhalten jetzt!

Liese schlang die Arme noch fester um seinen Bauch. „Ticktack“, sagte sie bettelnd.

„Ja“, antwortete Henk kurz. „Aber wir fahren jetzt schnell weiter zu unserem eigenen Haus. Wir wohnen auch hier, weißt du noch?“

Er hörte nicht mehr auf sie und atmete erleichtert auf, als sie das Beje hinter sich gelassen hatten.

Er sehnte sich nach seinem vertrauten Schlafzimmer, ihrem eigenen Haus, einem Platz, an dem er zur Ruhe kommen konnte. Nur noch ein kleines Stück.

KAPITEL 21

ERLEICHTERUNG, SCHULD UND REUE

Sie hatten gerade ihre Taschen ausgepackt, als es klingelte. Jetzt schon Besuch?

Mutter ging zur Haustür und kam kurz darauf mit Jaaps Mutter zurück.

„Wie schön, euch wiederzusehen." Sie nahm Henks Hand und drückte sie einen Moment lang.

Henk nickte halbherzig. Er hätte lieber ein bisschen länger Ruhe gehabt in seinen eigenen vier Wänden.

„Erzähl mir, wie es euch geht. Ist Jaap schon wieder zu Hause?" Mutter bot der Nachbarin einen Stuhl an und machte mit ein bisschen Papier und Holz ein kleines Feuer im Ofen.

Während er Liese auf ihren Stuhl setzte, hielt Henk die Ohren weit aufgesperrt.

„So gut wie, wir erwarten ihn jeden Moment, aber der Kontakt zu ihm ist schwierig. Ach, hab' ich den Jungen vermisst. Und du, hast du etwas von deinem Mann gehört?"

Mutter schüttelte den Kopf. „Die Alliierten haben Deutschland nun beinah vollständig erobert. Aber die Züge fahren noch nicht, darum kann es noch ein bisschen dauern. Vor zwei Wochen bekamen wir noch einen Brief, in dem er schrieb, dass er oft Hunger hätte, aber nicht krank wäre. Es ging ihm den Umständen entsprechend gut. Wir müssen alle noch ein bisschen Geduld haben."

Während Mutter Tee aus einem Löffel getrockneter Kirschblüten machte, unterhielten sie sich über die Zeit in der Veluwe und ihre Fahrt zurück in den Westen, über die Lebensmittelpreise und darüber, was es noch zu kaufen gab.

Henk zögerte. Er mochte dieses Weibergetratsche nicht, aber vielleicht hatte Jaaps Mutter noch Neuigkeiten aus Haarlem? Die musste er hören. Oder lieber nicht? Ob es etwas Gutes zu berichten gab? Ob Jaaps Mutter die Familie ten Boom auch kannte? Vielleicht musste er sie selbst danach fragen, aber die Worte wollten ihm nicht über die Lippen. Seine Hände fummelten unruhig an den losen Fäden der Tischdecke herum.

Mutter erkundigte sich nach allen möglichen Menschen aus der Straße, nach den Verwandten der Nachbarin und alten Bekannten. Wenn Mutter sie doch einfach fragen würde, dachte Henk. Sie könnte doch auch fragen, wie es Tante Kees ging. Aber sie tat es nicht.

Da rutschte es Henk plötzlich heraus: „Wissen Sie auch etwas von der Familie ten Boom?"

Jaaps Mutter sah auf und nickte kurz. „Von dem Uhrengeschäft, meinst du?"

„Ja", erwiderte Henk kaum hörbar.

„Ich habe gehört, dass der alte Vater in Scheveningen gestorben ist." Jaaps Mutter sprach langsam und mit gedämpfter Stimme. „Die Schwestern wurden nach Vught gebracht und dann in ein Lager nach Deutschland verlegt, nach Ravensbrück." Sie hielt inne und sah Henks Mutter unsicher an.

Henk begriff ihren fragenden Blick, aber jetzt musste er es wissen. „Sagen Sie es ruhig, ich erfahre es ja doch früher oder später."

„Ja, du hast Recht." Einen Moment war es still in der Küche. Henk hatte die Hände zu Fäusten geballt und spürte, dass seine Beine zitterten.

„Ravensbrück muss schrecklich sein." Jaaps Mutter starrte die Teekanne an, die auf dem Tisch stand. „Betsie ist dort gestorben, habe ich gehört."

Henk hielt die Luft an und verspürte plötzlich ein Taubheitsgefühl im ganzen Körper. Nur tief im Herzen empfand er einen heftigen Stich. Sein Unterkiefer sackte herab, und er machte einen abgehackten Atemzug. Mutter legte ihm sanft die Hand auf den Rücken und fragte: „Und Corrie? Hast du etwas von ihr gehört?"

Henk hätte sich am liebsten die Ohren zugehalten. Nein, er konnte nicht noch mehr verkraften!

„Sie ist Ende Dezember freigelassen worden."

Er wagte kaum zu glauben, was er hörte. „Ist sie nicht tot?", fragte er heiser.

Ein kleines Lächeln glitt über das Gesicht von Jaaps Mutter. „Nein, Corrie ten Boom hat es überlebt. Sie ist wieder in Haarlem."

In Henks Kopf überschlugen sich die Gedanken. Er hatte tausend Fragen, und gleichzeitig wurde er von einer

Mischung aus Erleichterung, Schuld und Reue überwältigt. Tante Bep tot, Tante Kees am Leben, hier in Haarlem, frei, nicht mehr im Gefängnis.

Müde schüttelte er den Kopf. Er schlug die Hände vors Gesicht.

Dann zog er sich am Tisch hoch und schleppte sich mit bleischweren Beinen zur Tür. „Ich geh' kurz in mein Zimmer."

Mutter blickte besorgt, blieb jedoch sitzen. „In Ordnung, Junge."

„Henk, Henk, aufwachen!", schrie ihm irgendjemand ins Ohr.

„Sei doch still, Liese", stöhnte er.

Jemand zog ihn am Arm. Langsam schlug er die Augen auf. Es war Mutter.

Er war anscheinend eingeschlafen. Verwirrt sah er sich um. Warum war sie so aufgeregt?

Er rieb sich die Augen und setzte sich auf.

„Henk, wo ist Liese?"

Er gähnte, hustete und zog die Schultern hoch. Woher sollte er das wissen? Er hatte doch geschlafen.

„Ich habe gehofft, dass sie bei dir wäre." Mutters Stimme war voller Angst.

„Nein", antwortete Henk. Liese war nicht hier, das sah sie doch. Er stellte die Beine auf den Boden. „Ist sie nicht unten?"

Mutter rannte schon wieder aus dem Zimmer, und Henk folgte ihr die Treppe hinunter.

„Ich bin noch kurz zu unserer anderen Nachbarin gegangen, als Jaaps Mutter weg war, um ihr zu sagen, dass wir wieder da sind. Liese saß auf ihrem Stuhl und schlief, und du warst zu Hause, darum hab' ich gedacht, ich könnte kurz weg."

Unten angekommen, schaute Henk kurz ins Wohnzimmer und in die Küche. Nein, sie war wirklich nicht da. Aber das war doch unmöglich? Liese ging nie allein irgendwohin.

„Wie lange warst du bei der Nachbarin?"

Mutter schüttelte den Kopf. „Ich weiß es nicht genau, vielleicht eine halbe Stunde oder so?" Sie sah ihn mit großen, angstvollen Augen an. „Wo kann sie nur sein?"

Henk zog sich die Jacke an. „Ich schaue mich mal draußen um. Bleib du lieber hier, dann ist jemand da, wenn sie zurückkommt."

Er rannte hinaus und suchte mit den Augen die Straße ab. Liese konnte nicht so schnell laufen. Wie weit konnte sie in einer halben Stunde gekommen sein?

Es gab bestimmt keinen Grund, in Panik zu geraten, dachte Henk. Sie hatte sich in den vergangenen Monaten natürlich daran gewöhnt, dass sie nach draußen durfte. Aber es war seltsam, dass sie allein weggegangen war – das hatte sie noch nie gemacht. War irgendetwas passiert, was sie verwirrt hatte? Oder hatte sie die Orientierung verloren, weil sie wieder in ihrem eigenen Haus waren?

Henk versuchte zu begreifen, was in ihr vorgegangen war, aber es gelang ihm nicht, ruhig nachzudenken. Er rannte bis zum Ende der Straße, aber er wusste nicht, welche Richtung er einschlagen sollte. Was würde Liese tun?

Den Weg nehmen, den sie am häufigsten gegangen waren, ja, das war logisch. Und wohin war er meist mit ihr gegangen? Zu den ten Booms – natürlich, das war es!

Sie hatten über Tante Kees und Tante Bep gesprochen, die Nachbarin hatte von ihnen erzählt. Das hatte Liese auch gehört. „Wieder in Haarlem“, hatte Jaaps Mutter gesagt. Ob sie das tatsächlich verstanden hatte? Henk konnte es fast nicht glauben, aber das war die logischste Erklärung. Er musste den Weg nehmen, den sie immer zusammen gegangen waren, den Weg zum Uhrengeschäft. Er musste zum Beje!

Keuchend stand er vor dem Haus in der *Barteljorisstraat*. Er war die ganze Strecke gerannt und hatte sich dabei ständig umgesehen, aber Liese hatte er nirgends entdeckt. Was, wenn sie hier auch nicht war? Wo konnte sie dann sein? Er hatte sich unterwegs alle möglichen schrecklichen Dinge vorgestellt. Was, wenn sie sich verirrt hatte? Haarlem war eine große Stadt, und wer würde ihr helfen? In Gedanken hatte er vor sich gesehen, wie Gerrit aus einer Gasse kam und sie verprügelte. Wie furchtbar – sofort war er noch schneller gelaufen. Oder vielleicht war sie den Deutschen in die Hände gefallen, die in der Stadt immer noch das Sagen hatten und sie als minderwertiges Wesen betrachteten. Die würden ihr auch nicht helfen, das wusste er genau.

Das Uhrengeschäft war geschlossen, da war niemand mehr. Er konnte nicht durch diese Tür hinein, er musste an der Seitentür klingeln.

Er musste!

Zitternd drückte er den Finger auf die Klingel. Er schob mit Gewalt die Erinnerungen zur Seite, die auf ihn einzustürzen drohten. Es ging um Liese, nicht darum, was alles passiert war. Aber die Bilder, die er gesehen hatte, als er das letzte Mal hier gewesen war, ließen ihn nicht los.

„Bitte mach, dass jemand kommt“, flüsterte er.

KAPITEL 22

TANTE KEES ERZÄHLT

Er hörte Geräusche im Flur. Ja, es tat sich etwas! Das war auf jeden Fall gut.

„Henk!" Die Tür ging auf, und vor seiner Nase stand Tante Kees. „Du kommst bestimmt wegen Liese."

Er hatte keine Antwort geben können, hatte nur hilflos genickt. Er konnte den Blick nicht von Tante Kees abwenden. Sie war es, sie war es wirklich, aber sie war anders als früher. Sie war magerer und älter geworden. Und doch sah er ein Lächeln in ihrem eingefallenen Gesicht. Nun saß er an dem vertrauten Platz im Wohnzimmer, an dem er schon früher gesessen hatte, damals, als er Opa ten Boom zugehört hatte und umgeben war von Untergetauchten, Musik und Fröhlichkeit. Aber diese Zeit war vorbei. Das Zimmer war nicht mehr voller Menschen, und es war still. Viele Einrichtungsgegenstände waren verschwunden, und ohne Opa und Tante Bep wirkte es kalt und leer.

Liese saß auf dem Bänkchen am Ofen, und Tante Kees stellte ihnen etwas zu trinken hin.

„Ich freue mich so, euch zu sehen, Kinder.“ Sie setzte sich dicht neben Henk und legte ihm eine Hand aufs Knie. „Und wie schön, dass es deiner Schwester so gut geht. Sie sieht gut aus. Konntet ihr genug zu essen bekommen?“

Henks Mund war trocken, und er fühlte sich, als wäre er an diesen Stuhl gefesselt.

Er hätte am liebsten auf dem Absatz kehrt gemacht, nachdem er Liese wiedergefunden hatte, aber Tante Kees hatte schon jemanden zu Mutter geschickt, um sie wissen zu lassen, dass Liese hier war.

„Dann könnt ihr euch noch kurz ausruhen“, hatte sie gesagt.

„Ja, wir sind im Januar zu Verwandten in die Veluwe gezogen. Da gab es noch genug zu essen.“

Verzweifelt suchte er in Gedanken nach einer Möglichkeit, so schnell wie möglich wieder wegzukommen. Er wollte hier nicht sein, nicht daran denken, was hier passiert war. Er hatte schreckliche Angst vor jedem Wort, das Tante Kees sagen könnte. Er fürchtete sich davor, dass sie etwas über die vergangenen Monate erzählte.

„Das freut mich, Junge. Ich habe gehört, dass hier in Haarlem auch viele sehr gelitten haben in der letzten Zeit.“ Sie schwieg kurz.

Liese streckte die Hand aus. „Ticktack?“

Tante Kees nahm ihre kleine Hand in ihre eigenen faltigen Hände. Sie zitterte ein bisschen, und Henk wandte den Blick ab.

„Opa ist im Himmel bei seinem himmlischen Vater. Wusstet ihr das schon?“

Henk nickte. „Anna hat es mir erzählt. Es tut mir so leid. Und auch das mit Tante Bep."

„Hat Anna dir von unserer Gefangenschaft berichtet?"

„Ja, sie hat mir gesagt, dass ihr in Scheveningen wart und dann nach Vught gebracht worden seid. Sie hat auch erzählt, dass ihr in einem Konzentrationslager in Deutschland wart. Und von unserer Nachbarin haben wir heute Morgen gehört, dass deine Schwester gestorben ist.

„Bep war zum Schluss sehr krank im Konzentrationslager." Henk machte sich auf das Schlimmste gefasst – genau davor hatte er sich gefürchtet: dass Tante Kees zu erzählen begann. Aber die Ruhe, mit der sie sprach, bewirkte, dass er sich wieder entspannte. Ihre Stimme war fest, und der Blick in ihren Augen war sanft.

„Sie war davon überzeugt, dass wir im neuen Jahr freikommen würden, und sie sollte Recht behalten. Sie war frei, weil sie von all dem Elend im Konzentrationslager erlöst wurde, und ich wurde bald darauf plötzlich freigelassen. Der Herr hat so wunderbar an uns gehandelt."

Erstaunt fragte sich Henk, wie es möglich war, dass Tante Kees so ruhig über das alles sprechen konnte. Es war doch furchtbar!

„War es nicht schrecklich?", fragte er vorsichtig.

„Ach Henk, das Lager war grässlich, es war die Hölle. Aber Gott hat versprochen, dass er uns auch in der Hölle nicht im Stich lässt. Und genauso war es. Er war dabei, seine ewigen Arme haben uns gehalten."

Henk nahm schweigend einen Schluck von seinem Getränk. Was sollte er sagen? Er wusste, was sie meinte, aber er hatte keinen so starken Glauben wie Tante Kees.

Sie stand auf und ging zu einem Schrank. „In dem Lager mussten wir jeden Morgen furchtbar früh aufstehen, meist schon um vier Uhr nachts. Eine halbe Stunde später war Appell. Da mussten wir alle stundenlang draußen herumstehen, Tausende von Frauen, ordentlich aufgereiht. Ich werde immer noch so früh wach, und jetzt nutze ich diese Zeit, um aufzuschreiben, was dort alles passiert ist."

Mit einem riesigen Stapel Papier auf dem Schoß setzte sie sich wieder hin. „Es ist schon ein richtig dickes Buch, siehst du?" Vorsichtig begann sie zu blättern.

„Im Lager Vught durften wir unsere eigenen Sachen behalten, auch wenn das nicht viel war. Aber in Ravensbrück mussten wir sofort alles abgeben, sogar unsere Kleider. Wir bekamen stattdessen einen anderen, dünnen Rock und Holzschuhe. Bep und ich hatten Angst, Henk, genau wie alle anderen. Aber wir sagten es Gott. Als wir dann damit an der Reihe waren, alles abzugeben, sah ich einen Duschraum. Ich fragte eine Aufseherin, ob ich dorthin durfte, und sie war einverstanden. Bep hatte noch etwas wollene Unterwäsche, und ich hatte eine kleine Bibel. Beides legte ich dort in eine Ecke. Als wir kurz darauf den anderen Rock bekommen hatten, konnte ich die Sachen schnell holen und unter meine Kleider stopfen. Es war ein deutlich sichtbarer Knubbel und ich betete, dass ich mit den Sachen durch die Kontrolle kam. Bevor wir hinausgingen, wurden alle durchsucht. Aber mich ließen sie aus! Sogar zwei Mal!

Wir konnten unsere Bibel behalten und auch die warme Unterwäsche für Bep. Da wussten wir genau, dass Gott für uns sorgen würde, auch in diesem Lager."

Die Augen von Tante Kees glänzten hinter ihrer Brille, während sie weiterblätterte.

„Ja, das war auch so bemerkenswert: Wir schliefen in einer Baracke, eigentlich mehr einem Schuppen, in dem lauter Etagenbetten standen, immer drei Betten übereinander. Es war so kalt und schmutzig dort. Aber das Schlimmste war, dass dort alles voller Flöhe war."

Henk dachte an die Kopfläuse, die er gehabt hatte, und schauderte.

„Hattest du auch Ungeziefer?", fragte Tante Kees.

„Ja, ich bin bald verrückt geworden."

„Mir ging es genauso. Sie saßen überall, und wir haben uns den ganzen Tag gekratzt. Ich habe mich oft darüber beschwert, aber Bep sagte, dass wir Gott in jeder Situation danken müssen, denn so steht es in der Bibel. Also dankte sie Gott für die Flöhe!"

Henk sah, wie ein Lächeln über ihr Gesicht huschte. „Ich war da wirklich anderer Meinung. Aber ich habe dir ja erzählt, dass wir eine Bibel ins Lager schmuggeln konnten. Jeden Abend nach der schweren Arbeit konnten wir daraus vorlesen. Wir hielten mit einer großen Gruppe von Frauen eine Art Gottesdienst ab. Natürlich war das streng verboten, darum war es zu Anfang ziemlich aufregend."

Ja, das konnte er sich gut vorstellen, die beiden Schwestern, die in all dem Elend den anderen Frauen Mut machten.

„Aber wir merkten bald, dass in unseren Schlafsaal kaum jemals eine Aufseherin kam, das war schon seltsam. Bis Bep entdeckte, wie das kam: Die Aufseherinnen trauten sich nicht, in unseren Schlafsaal zu kommen, weil es da so viele Flöhe gab! Gott gebrauchte diese ekligen Biester, damit wir den anderen Frauen von ihm erzählen konnten."

Plötzlich sprang sie auf. „Aber ich will dich nicht mit meinen schrecklichen Geschichten belasten, Henk. Bedrückt es dich sehr?"

„Es geht schon, nur Liese ist ein bisschen müde geworden, glaube ich." Henk lachte, als er sein Schwesterchen leise schnarchen hörte. Zusammen legten sie sie auf die Bank, und Tante Kees holte eine Decke für sie.

„Es geht mir nicht darum, von mir zu reden und dir zu schildern, was ich alles mitgemacht habe, Henk. Ich möchte dir nur gern erzählen, was Gott alles getan hat." Sie setzte sich wieder hin und schaute ihn ernst an. „Neulich hat jemand zu mir gesagt: ‚Corrie, was hast du doch für einen großen Glauben!' Aber das ist es nicht. Ich habe keinen großen Glauben, sondern einen großen Gott. Ich war oft schwach und ängstlich. Das Einzige, was ich wusste, war: Jesus ist Sieger. Auch wenn ich es nicht sehe, auch in der Finsternis eines Konzentrationslagers. Er war immer für mich da und hat mich durchgetragen."

Henks Augen suchten das Spruchbild mit der Aufschrift „Jesus ist Sieger", das auf dem Kaminsims stand. Tante Kees folgte seinem Blick.

„Ja, das Bild steht da schon seit Jahren, aber erst jetzt weiß ich wirklich, was das bedeutet. Wenn du ihm gehörst, gibt er dir die Kraft, die du brauchst. Er gab Bep und mir im rechten Moment alles, was wir brauchten. Etwas, das wir auch mit ins Lager nehmen konnten, war ein Fläschchen mit Hefe – die enthält viele Vitamine. Es war ein kleines Fläschchen, und ich wollte die Hefe Bep geben, denn sie brauchte sie so sehr. Aber andere Frauen waren natürlich auch krank, und ehe ich mich versah, kamen jeden Tag mindestens zwanzig Frauen, die einen Tropfen aus dem Fläschchen brauchten. Und jedes Mal, wenn ich das Fläschchen schräg hielt, kam wieder ein Tropfen heraus."

„Wurde es nicht alle?" Henk kannte diese Fläschchen auch, da war wirklich nicht viel drin.

„Ich konnte nicht durch das dunkle Glas hindurchsehen, aber es kamen immer weiter Tropfen heraus. Ich konnte es mir nicht erklären, und Bep sagte, dass wir es als ein Geschenk Gottes annehmen müssten. Eines Tages kam eine Frau zu uns, die eine Tüte Vitamintabletten bei sich hatte. Sie gab allen davon. Als ich an jenem Abend das Fläschchen umdrehte …" – Tante Kees machte eine entsprechende Handbewegung –, „war das Fläschchen leer. Es kam kein Spritzerchen mehr heraus, nichts!"

„Wirklich?"

„Ja, genauso war es. Ich hab das nicht erfunden. So sorgte der Herr für uns."

„Aber …", begann Henk zögernd. Tante Bep war ja dann doch gestorben, dachte er, aber er wagte es nicht zu sagen. Tante Kees erriet seine Gedanken. „Du fragst dich, wie es sein kann, das Tante Bep dann doch gestorben ist, nicht wahr?"

Er nickte.

„Sie war schon immer ein bisschen kränklich, und nach ihrer Verhaftung wurde es immer schlimmer. In Ravensbrück wurde sie richtig krank, aber sie musste trotzdem sehr schwer arbeiten. Nachdem sie ins Lagerkrankenhaus gekommen war, ging es ihr ein bisschen besser. Sie brauchte dann auch keine schwere Arbeit mehr zu machen, sie kam ins Strickteam. Später kam ich auch ins Strickteam, das war wunderbar. Wir konnten miteinander und mit den anderen Frauen über den Herrn und über die Zukunft sprechen. Bep wusste schon, was wir machen würden, wenn der Krieg vorüber war. Dann würden wir zusammen ein großes Haus besitzen, in dem wir andere aufnahmen. Menschen, die es schwer hatten, weil sie im Krieg so viel mitgemacht hatten. Es würde ein Platz sein, an dem sie wieder gesund werden konnten. Sie beschrieb mir sogar, wie dieses Haus aussehen würde: Es hatte schöne Holzfußböden und eine breite Wendeltreppe und lag in einem Garten voller Blumen." Tante Kees starrte nach draußen. Sie schien in Gedanken weit weg zu sein.

„Aber sie wurde immer kränker. Wir mussten sie morgens zum Appell tragen, und tagsüber lag sie auf dem harten Holzbett im Schlafsaal. Sie erzählte von den Dingen, die Gott ihr gezeigt hatte. Dass wir uns gemeinsam für die verletzten Menschen einsetzen würden, in Holland und auch in Deutschland. Sie war sich ganz sicher, dass wir beide in die Niederlande zurückkehren würden. Aber es kam anders, denn sie wurde so krank, dass sie wieder in die Krankenbaracke musste. Sie hatte keine Angst vor dem Tod, aber sie dachte, sie würde wieder gesund werden."

Tante Kees schwieg. Henk hatte einen Kloß im Hals. Er dachte an Tante Beps liebes Gesicht. Es fiel ihm so schwer, sich vorzustellen, dass sie wirklich nicht mehr da war.

In der Ferne läuteten die Glocken der Sankt-Bavo-Kirche. Es war fünf Uhr.

„Am nächsten Tag wollte ich sie besuchen gehen, aber als ich von außen durchs Fenster blickte, sah ich, dass ein paar Schwestern ihren toten Körper vom Bett hoben und sie wegbrachten. Ich geriet in Panik. Ich war allein. Bep hatte mich verlassen." Wieder schwieg sie einen Moment lang. Henks Augen begannen zu brennen.

„Dann kam eine liebe Frau, die mich dorthin brachte, wo sie Bep hingelegt hatten. Erst wagte ich nicht hinzusehen, aber dann schaute ich sie an. Das war richtig schön, denn ihr Gesicht strahlte so viel Freude und Frieden aus. Alle Spuren von Schmerz und Entbehrung waren verschwunden, und ich sah die Bep, die im Himmel wohnte und rundum glücklich und gesund war."

Sie seufzte tief und nahm Henks Hand. „Ich verstehe das auch nicht alles. Aber ich konnte Gott trotzdem danken, weil ich diesen letzten Blick in ihr Gesicht tun durfte. Beim nächsten Appell war ich so froh, dass Bep das nicht mehr miterleben musste. Sie war jetzt vollkommen glücklich, das wusste ich genau, auch wenn ich sie natürlich schrecklich vermisste.

Henk blickte herab auf Tante Kees' Hand, die seine umfasste, und das Schuldgefühl überwältigte ihn von Neuem wie eine Würgeschlange, die ihn erstickte. Während er Tante Kees zugehört hatte, hatte er es für kurze Zeit vergessen, aber nun stürmten die Selbstvorwürfe erneut mit voller Wucht auf ihn ein. Wenn er nicht so feige gewesen wäre, wäre all dies nie geschehen. Er saß hier wie ein Unschuldslamm und hörte zu, wie Tante Kees erzählte – und dabei war er ein Verräter! Wenn sie das wüsste … Dann hätte sie ihm all diese Dinge niemals so offen erzählt. Er war ein Heuchler. Plötzlich fühlte er sich so elend, dass er sofort wegmusste, um nicht zu ersticken. Mit einem Ruck riss er seine Hand los und stand auf.

„Tut mir leid, aber wir müssen jetzt wirklich gehen. Aufwachen, Liese!“

KAPITEL 23

UNTERGETAUCHT

Henk saß auf seinem Bett und betrachtete die Europakarte, die er mit Jaap gemacht hatte. Berlin war frei, Hitler war tot, und die Befreier rückten in die Niederlande vor. Es sah prima aus, aber irgendwie drang das alles nicht richtig zu ihm durch.

„Henk?“ Mutter klopfte an seine Zimmertür. „Es ist Besuch für dich gekommen.“

Am Freitagabend um neun Uhr? Ihm stockte der Atem. Natürlich würde Tante Kees nicht hier vor seiner Tür stehen, aber der Gedanke durchzuckte ihn trotzdem kurz. Seit er bei ihr gewesen war, hatte er das Gefühl, dass er in seinem eigenen Haus untergetaucht war und voller Angst darauf wartete, dass Corrie ten Boom ihn aufstöberte. Manchmal hatte er das Gefühl, verrückt zu werden.

Aber es konnte auch Vater sein, oder vielleicht Anna? Nein, Anna bestimmt nicht! Schnell ging er zur Tür.

„Jaap!“

Sie fielen einander in die Arme, und Henk drückte seinen Freund fest an sich.

Mutter war schon wieder verschwunden, als sie einander endlich losließen.

„Wann bist du nach Hause gekommen?"

„Gestern Nacht. Ich hab's nicht mehr ausgehalten und hab's einfach riskiert." Jaap ließ sich hintenüber auf Henks Bett fallen und bewunderte die Karte. Henk setzte sich ihm gegenüber.

„Du hast alles ziemlich gut mitverfolgt." Er zeigte auf die Niederlande. „Aber jetzt bist du doch nicht ganz auf dem Laufenden."

„Ja, kein Wunder – ich weiß nicht genau, wo die Tommies gerade sind."

Jaap richtete sich wieder auf. „Nein, das meine ich nicht", flüsterte er geheimnisvoll. Henk zog die Augenbrauen hoch.

„Morgen werden die Deutschen kapitulieren." Er hielt kurz inne und rief dann aus: „Wir sind frei, Henk! Wir haben's geschafft, der Krieg ist vorbei!" Jaap sprang auf und begann durchs Zimmer zu tanzen, während Henk ihn verblüfft anstarrte.

„Häh? Wie … was … woher weißt du das?"

Jaap zog ihn hoch. „Ich hab' heute Abend das Radio angestellt, und um Viertel vor neun hat *Radio Oranje* diese Nachricht gebracht."

„Nein", war alles, was Henk herausbringen konnte. „Nein, das ist kein guter Scherz."

Jaap packte ihn an den Schultern. „Wenn das ein Scherz wäre, wäre er in der Tat ziemlich schlecht. Aber das würde ich dir nicht antun. Morgen ist das alles vorbei, das kannst du mir glauben, Mann! Dein Vater kommt bald nach Hause, wir kriegen wieder was zu essen, wir können wieder zur Schule!" Jaap kam immer mehr in Fahrt. „Und wir gehen an den Strand, weißt du noch? Das hatten wir doch abgemacht!"

Henk wollte es nur allzu gern glauben, aber er schüttelte misstrauisch den Kopf.

„Weißt du das wirklich genau?"

Jaap stieß ihn an die Schulter. „Jetzt stell dich doch nicht so an …" Im nächsten Moment ging er zum Fenster, öffnete es und lehnte sich hinaus.

„Siehst du!", rief er aus, „guck, da hängt schon ein orangenes Band aus dem Fenster! Sie haben es auch gehört."

„Lass sehen!" Henk schubste seinen Freund zur Seite. Tatsächlich, er sah es auch. Obwohl es fast dunkel war, konnte man deutlich sehen, dass auf der anderen Straßenseite ein orangefarbenes Stoffstück aus einem Fenster hing. In der Ferne sah er jetzt auch ein paar Leute mit blau-weiß-roter Kleidung auf der Straße. Und das, obwohl längst Ausgangssperre herrschte. Da ging irgendwas vor sich!

„Jaap …" Henk schüttelte den Kopf. „Das bedeutet, dass wir jetzt auch …" Langsam breitete sich ein leichtes Kribbeln in seinem Kopf, seinem Bauch und dann in seinen Armen und Beinen aus. Es schien, als ob er in die Luft gehoben würde und einfach davonfliegen könnte.

Ein breites Grinsen überzog Jaaps Gesicht. Eng aneinandergelehnt steckten sie die Köpfe aus dem Fenster.

Sie tauschten einen kurzen Blick, nickten und begannen zu singen:

Wilhelmus von Nassau
bin ich von deutschem Blut,
dem Vaterland getreu
bleib ich bis in den Tod;
ein Prinz von Oranien
bin ich frei unverwehrt,
den König von Hispanien
hab ich allzeit geehrt.

Sie sangen unter Tränen, aber aus voller Kehle. Da und dort wurden Fenster geöffnet, und andere Menschen sangen mit – manche schüchtern und zögernd, andere aus vollem Hals.

Es war wie ein Windhauch, der sich nach und nach zu einem kräftigen Sturm entwickelte. Ja, hört doch, Leute, die Freiheit naht, merkt ihr es auch?

In dieser Nacht machte Henk kein Auge zu. Die Bilder der vergangenen Jahre liefen in seinem Kopf ab wie ein Kinofilm. Erinnerungsfetzen. Das Schwimmbad, der Nikolaustag, Vater in der Fabrik. Nein, das konnte nicht sein, das hatte er nie selbst gesehen. Annas Augen, die ihn nun mal fröhlich, mal wütend anschauten.

Ein orangefarbenes Band, das durch die Straße geweht wurde, umgehackte Bäume und ein Kinderwagen voller duftender, frisch gebackener Brote.

Er wälzte sich auf die andere Seite. Er hörte Liese rufen und sah das Blut an ihren Knien. Weinte sie? Musste er ihr helfen, oder wollte sie spazieren gehen? Nein, er ging nicht mit ihr zu Ticktack. Gerrit lachte laut und schrill. Henk rannte auf ihn zu und schlug ihn mit der geballten Faust mitten ins Gesicht.

Er saß aufrecht im Bett und sah sich um. Die Verdunklung vorm Fenster musste weg. Seine Hände suchten die Ränder des dicken Papiers, die Stelle, wo er es schon zuvor geöffnet hatte. Weg damit! Das schwache Mondlicht färbte sein Zimmer blau, grau und schwarz.

Henk stieß einen tiefen Seufzer aus und lehnte sich an die Wand. Er kauerte sich zusammen und schlug die Arme um die Beine.

Der Film in seinem Kopf hörte nicht auf. Jaaps Stimme flüsterte ihm ins Ohr, ob er noch Papiere hätte? Henk schüttelte den Kopf. „Nein", murmelte er leise. „Soll ich sie zum Beje bringen?"

Tante Kees lachte und winkte ihm zu. Aber sie stand hinter einem Stacheldrahtzaun, sie war gefangen. Tante Bep ergriff seine Hand und nahm ihn mit, aber er wollte nicht. Nein, er wollte nicht ins Gefängnis. Er schüttelte Tante Bep von sich ab. Er konnte ihr doch sowieso nicht helfen!

Henk wickelte sich zitternd in seine Decke. Anscheinend war er doch kurz eingeschlafen. Er starrte in den Nachthimmel und dachte an den gestrigen Abend. War Jaap wirklich dagewesen, oder hatte er das auch geträumt?

Seine Kehle war ausgetrocknet, und sein Schädel pochte. Ja, sie hatten den *Wilhelmus* gesungen, es musste also stimmen. Der Wecker stand auf zehn nach vier. Diese Nacht schien endlos zu sein.

Plötzlich schien ihm die Sonne ins Gesicht, und er stand auf dem Schulhof. Herr van Soest fragte, ob er eine Runde

Murmeln spielen wollte. Nein, dazu war er nun zu alt, er war schon dreizehn. „Soll ich für euch den *Wilhelmus* auf der Orgel spielen?“ Das war Peter, der Junge, der im Gefängnis gesessen hatte. Henk wollte es nicht, aber Peter tat es trotzdem, und plötzlich kamen drei Männer angelaufen. Sie packten ihn, schlugen ihm ins Gesicht und schleppten ihn mit sich. Der Junge lachte. „Ich bin frei, auch wenn ich im Gefängnis sitze“, rief er. „Aber du bist immer noch gefangen, auch wenn du frei bist.“

Opa nahm lächelnd seine Hand, sagte aber nichts. Henk hörte jemanden weinen, und eine Glocke schlug.

Er sah sich erschrocken um. Sein eigenes Bett, draußen ein schwacher Lichtschein von der aufgehenden Sonne. Es war fünf Uhr. Sein Schlafanzug klebte ihm am Rücken, und seine Wangen waren nass. Er fühlte sich elend und stand auf. Schwankend ging er die Treppe hinunter.

Hier war alles noch finster, die Verdunklung war noch zu. Er tastete nach der Kerze, die auf dem Tisch stehen musste. Die Streichhölzer lagen zum Glück daneben. Kurz darauf saß er mit einem Glas Wasser am Tisch. Er wollte die Augen nicht mehr zumachen, nie mehr. Er ließ sich vornüber auf den Tisch sinken und legte den Kopf auf die Arme.

Was sollte er bloß tun?

Die Worte des Jungen hallten in seinem Kopf wider: *Aber du bist immer noch gefangen, auch wenn du frei bist.* Es stimmte – das war genau das, was er empfand. Er konnte nicht feiern, er war nicht frei, auch wenn die Alliierten bald in die Stadt hineinfuhren.

KAPITEL 24

ENDLICH FREI

Die Kirchenglocken hallten über die Stadt, die Vögel sangen, und die Sonne schien Henk, Liese und Mutter warm auf den Kopf, während sie zum Großen Markt gingen. Es war Sonntag.

Gestern war Henk mit Jaap in die Stadt gegangen, um zu feiern, nachdem sich das Gerücht von der Befreiung endlich bestätigt hatte. Obwohl immer noch Deutsche in der Stadt herumliefen, war die Besatzungszeit vorbei. Sie hatten verloren, und binnen Kurzem würden sie das Land verlassen müssen. Die Niederlande waren frei!

Lange hatte er das Feiern nicht durchgehalten. Jaap hatte den Kopf geschüttelt, aber Henk war schon nach einer Stunde wieder nach Hause gegangen. „Mir geht's echt nicht so gut. Letzte Nacht hab' ich kaum geschlafen." Es war eine schwache Ausrede, aber Henk wusste, dass Jaap genügend andere Freunde hatte, mit denen er die Freiheit feiern konnte. Er konnte nicht mitmachen.

Als er nach Hause kam, war Mutter in Tränen aufgelöst. Sie stürzte auf ihn zu und fiel ihm schluchzend um den Hals.

„Mutter, was …“ Er blieb stocksteif stehen. Was war denn mit ihr los?

„Dein Vater …“, stieß sie stockend hervor, „er ist auf dem Weg nach Hause!“

Liese weinte auch, und Henk fragte sich einen Moment lang, ob er Mutter richtig verstanden hatte.

„Wird er freigelassen? Kommt er nach Hause?“

Lachend und weinend zugleich schniefte Mutter: „Ja!“ Sie umschloss Henks Gesicht mit den Händen und kniff ihn zärtlich in die Wangen. „Es ist jetzt wirklich vorbei. Wir können wieder leben. Du, Liese, Papa und ich, wir werden wieder zusammen sein!“

„Oh, Mama, das ist ja wunderbar! Hast du einen Brief bekommen?“

Mutter zeigte auf den Tisch. „Ein Telegramm.“ Sie holte tief Luft und beruhigte sich ein bisschen. „Ach, mein Junge, wir haben es geschafft.“

„Wann kommt er nach Hause?“ Henk setzte sich neben Liese und wischte ihr mit der Hand die Wangen ab.

„Das steht nicht drin. Es wird wohl noch ein bisschen dauern. Aber das halten wir schon aus, nicht?“

„Natürlich. Bis jetzt haben wir es ja auch geschafft. Auf ein paar Tage mehr oder weniger kommt’s nun auch nicht an. Außerdem sind wir jetzt frei.“

„Ja.“ Mutter ließ sich auch auf einen Stuhl fallen. Immer noch schüttelte sie ungläubig den Kopf. „Wir sind frei, Henk. Lass uns morgen in die Kirche gehen.“

Es war ein seltsames Gefühl, gemeinsam mit Mutter und Liese zur Kirche zu gehen. Henk hatte nicht protestiert, aber verstanden hatte er es nicht. Liese war ganz aufgeregt. Vielleicht, weil sie endlich wieder auf die Straße durfte, vielleicht, weil sie tatsächlich begriff, wohin sie gingen. Es war egal.

Henk versuchte, sich zu entspannen und redete sich ein, dass dies ein wunderbarer Moment war. Er musste ihn genießen.

Viel bekam er vom Gottesdienst nicht mit. Es wurde gesungen und gebetet, dann war es still, und der Pfarrer predigte laut und leidenschaftlich von der hohen Kanzel herab.

Aber Henk konnte nur an eines denken, denn er hatte sie gesehen. In der enormen Menschenmenge, die diesen Sonntag zur Kirche gekommen war, hatte er Tante Kees erkannt. Sofort hatte er gespürt, wie die kalte Angst ihn packte. Alle um ihn herum waren aufgestanden, aber er duckte sich und setzte sich auf die hölzerne Bank. Mutter warf ihm einen ärgerlichen Blick zu, aber er tat, als sähe er es nicht.

Hatte Tante Kees ihn auch gesehen? Dann würde sie nach dem Gottesdienst vielleicht zu ihm kommen, und das musste er um jeden Preis vermeiden. Wenn er gut aufpasste, welchen Ausgang sie nahm, konnte er einen anderen nehmen. Hoffentlich lief er nicht irgendwelchen Familienmitgliedern in die Arme, die ihn ebenfalls kannten. Vielleicht war Anna auch da. Ja, das konnte natürlich sein. Er merkte, wie Panik in ihm aufstieg, aber er konnte jetzt überhaupt nichts tun. Das Beste war, sich möglichst unsichtbar zu machen. Das würde in dieser Menschenmenge nicht allzu schwierig sein.

Die Zeit verging quälend langsam. Ab und zu stieß Mutter ihn an, weil er so unruhig hin und her rutschte.

Aber es kam der Moment, in dem der Pfarrer das letzte Lied ansagte, und kurz darauf war der Gottesdienst vorbei.

Henk kroch schnell und behände aus der Bank und schob sich zwischen den Menschenstrom, der sich nach draußen bewegte. Er hatte gesehen, dass Tante Kees in die andere Richtung ging, das lief also nach Plan. So konnte er entkommen. Mutter und Liese konnte er dann draußen wieder ausfindig machen.

Er achtete nicht auf die anderen Leute. Er blickte nicht auf und starrte die ganze Zeit nur zum Ausgang.

Erleichtert holte er Luft, als er endlich draußen stand, an der Rückseite der Kirche. Dort hörte er wieder das fröhliche Rufen und Singen der befreiten Haarlemmer.

Henk rannte um die Kirche herum und sah Mutter schon von Weitem. Sie blickte sich unruhig um, und er winkte ihr zu.

„Hier bin ich, Mutter", rief er. Erleichtert hob Mutter die Hand.

„Ich hatte dich aus den Augen verloren", sagte sie, als er bei ihr war. Sie drehte sich um. „Frau ten Boom ist auch da, sie wollte dir noch eben Guten Tag sagen."

Henk spürte, wie seine Schultern herabfielen und seine Knie weich wurden. Das konnte doch nicht wahr sein. Tante Kees stand direkt hinter Mutter und kam sofort auf ihn zu. Er hatte verloren.

„Hallo Henk, wie schön, dich wiederzusehen!“

„Tante Kees …“ Seine Stimme versagte. Er konnte sie einfach nicht anschauen, ohne den Albtraum jener Nacht vor Augen zu haben, ohne die Stimme zu hören, die ihn anklagte und sagte, dass es seine Schuld war. Die Sonne, die so herrlich geschienen hatte, war hinter eine dunkle Wolke gekrochen, und die eben noch so fröhliche Musik der feiernden Menge war verstummt.

„Ich habe gehört, dass dein Vater bald zurückkommt“, sagte sie, während die kleine Gruppe sich langsam in Bewegung setzte. Liese und Mutter gingen Arm in Arm über den Platz, und Tante Kees kam an seine Seite.

„Ja“, antwortete Henk knapp. Er dachte an Tante Bep und Opa. Die würden nicht zurückkommen.

„Darauf freust du dich bestimmt sehr.“

„Ja“, sagte Henk noch einmal, aber er konnte kaum noch einen Ton herausbringen.

Tante Kees blieb stehen und sah ihn an. „Ist auch alles in Ordnung mit dir, mein Junge? Ich habe noch oft daran gedacht, wie du mich neulich mit Liese besucht hast. Es tut mir leid, dass ich dir so viele traurige Dinge erzählt habe. Belastet dich das sehr?“

Henk biss sich auf die Lippen und schaute weg. Er brachte kein Wort heraus. Tante Kees nahm seine Hand und sprach leise weiter. „Es tut mir leid, ich hätte besser nachdenken müssen. Kannst du mir verzeihen?“

Henk schüttelte den Kopf. „Nein, das …“ Er konnte kaum noch atmen. „Das ist es nicht, Tante Kees. Es ist, weil

… weil ich … weil ich etwas gemacht habe. Etwas ganz, ganz Schlimmes.“

Nun stand es fest: Der Himmel würde aufreißen, die Wahrheit würde wie ein Blitz zur Erde fahren und seine Welt kaputtmachen. Jetzt würde alles ans Licht kommen.

Die Stimme von Tante Kees durchbrach die kalte, beängstigende Stille. „Möchtest du noch ein bisschen mit zu mir nach Hause kommen? Vielleicht können wir darüber reden.“

Nein, schrie alles in ihm. *Nein!* Aber er konnte nicht länger davonlaufen, nicht länger fliehen und sich in dem Gefängnis verschanzen, das er sich selbst geschaffen hatte. Es gab keinen Weg zurück.

Fünf Minuten später hatten Henk und Tante Kees die belebte Straße hinter sich gelassen und saßen in dem ruhigen Wohnzimmer des Beje.

Henk hockte auf der Kante des großen Sessels, die Hände zwischen die Beine geklemmt und den Blick auf die Knie gerichtet. Alle Muskeln seines Körpers waren angespannt.

„Ich habe euch verraten.“ Er beschloss, es einfach so zu sagen, wie es gewesen war, ohne um den heißen Brei herumzureden.

„Was meinst du damit?“ Tante Kees sprach ruhig und bedächtig.

„Na, dass ich …“ Er suchte nach Worten. „Es ist meine Schuld, dass ihr verhaftet worden seid.“

Sie schüttelte ruhig, aber entschieden den Kopf. „Nein, Henk. Wir sind von einem Mann namens Jan Vogel angezeigt worden. Der hat uns verraten.“

„Ja, das hab' ich gehört. Aber ich war in der *Smedestraat,* als dieser Mann vor der Razzia mit dem Sicherheitsdienst unterwegs war. Ich hab' mitbekommen, was sie vorhatten, und ich hätte etwas dagegen tun können. Aber ich hab' mich nicht getraut. Ich hab' in einer Seitenstraße abgewartet, ohne euch zu warnen."

Henk war immer leiser geworden und ließ nun den Kopf hängen.

„Uns zu warnen? Wie denn?"

„Die Männer gingen die Straße entlang, ein Stück hinter mir, und dann blieben sie sogar noch stehen. Die ganze Zeit hätte ich durch den *Schoutensteeg* zu euch rüberrennen können. Wenn ich euch gewarnt hätte, hättet ihr sicher fliehen können."

Tante Kees stand auf und ging zu Opas Bild, das an der Wand hing. Sie blieb mit gefalteten Händen davor stehen.

„Du denkst also, dass alles anders gelaufen wäre, wenn du uns gewarnt hättest?"

Seine Augen begannen wieder zu brennen, aber er hatte nicht das Recht, zu weinen. Er schluckte.

„Ja. Dann wäre Opa noch am Leben, und Tante Bep auch."

Tante Kees kam zu ihm und streckte die Hand aus.

„Komm mal mit nach oben."

Henk folgte ihr über die knarrende alte Treppe bis ganz nach oben, wo er noch nie gewesen war.

„Mein Schlafzimmer", sagte Tante Kees.

Er sah sich in dem unaufgeräumten Zimmer um. Auf dem Boden lagen lose Bretter herum, und das Bett war leer. Staubkörnchen tanzten im Sonnenlicht.

„Ich schlafe jetzt nicht mehr hier. Die Deutschen haben das Zimmer völlig auf den Kopf gestellt, als sie nach den Untergetauchten gesucht haben."

Tante Kees zeigte auf eine Zimmerecke. „Da steht der Schrank, durch den die Untergetauchten in ihr Versteck kommen konnten. Sie sind nicht entdeckt worden, wusstest du das?"

„Ja, das hat Anna mir erzählt."

„Mein Bett", fuhr Tante Kees fort, „stand immer vorm Fenster. Zu Beginn des Kriegs fand einmal direkt über Haarlem ein Luftkampf statt, und ich konnte nicht schlafen. Ich hörte, dass Bep in der Küche war, und stand auf, um ihr Gesellschaft zu leisten. Sie hatte Tee aufgesetzt, und wir gingen zusammen ins Esszimmer. Da tranken wir Tee und versuchten, so gut es ging, uns ein bisschen zu unterhalten. Die Explosionen hielten noch mindestens eine Stunde lang an, aber schließlich wurde es ruhig, und wir konnten beide wieder ins Bett. Als ich in mein Zimmer kam und mich ins Bett legen wollte, spürte ich mit der Hand, dass etwas Scharfes auf meinem Kopfkissen lag. Ich konnte es natürlich nicht sehen, und ehe ich mich versah, hatte ich mich geschnitten. Es war ein spitzes Metallstück, das gut und gerne 25 Zentimeter lang war." Sie deutete mit den Händen die ungefähre Länge an.

„Ich rannte sofort damit zu Bep, und im Esszimmer sahen wir, dass es ein Granatsplitter war. Ich sagte zu Bep:

‚Wenn ich dich nicht in der Küche gehört hätte ...' Ich hätte solch ein Granatstück in meinem Kopf sicher nicht überlebt und konnte nicht fassen, was passiert wäre, wenn ich noch im Bett gelegen hätte."

Henk lief ein Schauer über den Rücken.

„Aber meine weise Schwester sagte: ‚Nein, es gibt kein *Wenn* in Gottes Welt. Und es gibt keine Orte, die sicherer sind als andere. Der einzige Ort, wo wir sicher sind, ist nah beim Herrn Jesus, wo das auch ist."

Tante Kees drehte sich um und lief die Treppe wieder hinunter ins Wohnzimmer. Still nahm Henk ihr gegenüber Platz.

„Es gibt kein *Wenn* in Gottes Welt. So, als ob wir bestimmen könnten, wie es läuft. Kein Mensch hat das Leben in seiner Hand, weder du noch irgendjemand anders. Gott hat alles unter Kontrolle. Er macht keine Fehler, denn sein Plan ist perfekt. Es ist nicht zu begreifen, aber ich glaube, dass er auch diese Razzia in seiner Hand hatte. Natürlich fand ich die Vorstellung schwierig und hatte damit zu kämpfen, aber dann dachte ich jedes Mal wieder zurück an diesen Granatsplitter. Was auch geschieht, Gott hat es unter Kontrolle, und bei ihm bin ich sicher."

Henk versuchte, ihrem Gedankengang zu folgen.

„Die Razzia ist nicht deine Schuld, und dass Bep und Vater tot sind, ist nicht deine Schuld."

„Aber ich war feige. Ich hab' nur an mich selbst und an Liese gedacht. Ich hab' nicht an euch gedacht. Und an all die Leute, die danach noch in die Falle gegangen sind." Er spürte immer noch, wie furchtbar enttäuscht er von sich selbst war.

„Ich habe dir ja neulich erzählt, dass ich in dem Lager auch feige und kleingläubig war. Gott verlangt nicht von uns, dass wir aus eigener Kraft mutig sind, sondern dass wir auf ihn vertrauen. Das ist schwierig, und es geht oft schief. Aber dann kann man trotzdem wieder zu ihm kommen und ihn um Vergebung bitten."

Auf Gott vertrauen, ihn um Vergebung bitten? Er hatte den Eindruck, dass Tante Kees eine andere Sprache sprach, eine Sprache, die er nicht kannte. Aber die Worte klangen ermutigend, und er fühlte sich, als ob jemand vor seiner Gefängnistür stünde und riefe: *Komm doch heraus, hierher zu mir, hier bist du frei.* Aber er konnte die Türklinke einfach nicht finden.

„Verstehst du, was ich meine?", fragte Tante Kees.

„Nein", sagte er zögernd.

„Auf Gott zu vertrauen, bedeutet, zu glauben, dass es ihn gibt und dass er alles geschaffen hat, auch dich. Auf Gott zu vertrauen, bedeutet auch, an seinen Sohn Jesus zu glauben. Er kam in die Welt, damit wir Gott kennenlernen können, das hast du bestimmt schon gehört."

„Ja, aber wie macht man das genau, an ihn zu glauben?"

„Indem man betet. Du sprichst einfach mit Jesus und bittest ihn darum, in dein Leben zu kommen."

Das klang sehr einfach. „Ist das alles?"

Tante Kees lächelte. „Das ist der Anfang, und das genügt vielleicht im Moment für dich."

„Aber wie ist das dann mit der Vergebung?“ Henk hatte immer noch nicht den Eindruck, dass er die Türklinke gefunden hatte, aber er musste jetzt wissen, wie sich das verhielt. Er war so nah daran, er wollte nicht mehr mit diesem schrecklichen Gefühl nach Hause gehen, das er seit Monaten mit sich herumtrug.

„Durch Jesus können wir Vergebung bekommen, wenn wir Dinge falsch gemacht haben. Im Leben geht so viel schief, alle Menschen machen Fehler. Aber wenn es uns leidtut und wenn wir es ihm sagen, nimmt er weg, was uns bedrückt, und schenkt uns einen neuen Anfang. Du kannst dem Herrn sagen, was du bereust. Jesus will dir deine Last abnehmen.“

Henk sprang auf. Plötzlich sah er die Tür seines Gefängnisses weit offen stehen, und er wusste, dass er hinaus konnte. Seine Feigheit, seine Schwäche, seine Last – Jesus wollte sie für ihn tragen. Er konnte von vorn anfangen. Er konnte endlich, endlich frei sein!

„Ja, das will ich!“

„Großartig“, sagte Tante Kees fröhlich. „Lass uns zusammen dafür beten!“

KAPITEL 25

AUF DER SIEGERSEITE

Sie kommen!" Jaap stand vorm Fenster und klopfte auf die Scheibe. Mit der anderen Hand winkte er heftig. „Die Kanadier sind im Anmarsch! Komm, wir laufen ihnen entgegen!"

„Warte!" Henk rannte aufgeregt in den Flur. Mutter war mit Liese im oberen Stockwerk. „Mutter, die Kanadier kommen! Wir müssen sie willkommen heißen – kommst du mit? Wir gehen in die Stadt."

Mutter jubelte. „Großartig!" Sie streckte den Kopf über das Geländer. „Gehst du mit Jaap?"

„Ja, er steht draußen, er hat mir's erzählt!"

„Du brauchst nicht so zu schreien, Junge", lachte Mutter. „Weißt du was, geht ihr schon mal zusammen vor. Ich komme dann mit Liese auch ins Zentrum. Dann sehen wir uns vielleicht dort."

„Okay, einverstanden." Henk wollte sich schon umdrehen, aber Mutter rief, dass er noch kurz warten sollte. Sie lief die Treppe herunter und nahm ihn fest in die Arme. Dann drückte sie ihm hastig einen Kuss auf die Wangen. „Feiert schön!“, sagte sie seufzend.

Das würden sie bestimmt tun.

Gemeinsam mit vielen anderen Menschen rannten sie ausgelassen und aufgeregt durch die Straßen. Die Befreier kamen! In null Komma nichts taten sich an jeder Straßenecke kleine Gruppen von Musikern zusammen, die fröhliche Lieder spielten. Und alle Mädchen hatten orangene Bänder im Haar.

Die Luft war schwer von Blütenduft, und die Vögel schienen ebenfalls vor Aufregung zu beben.

„Zum Großen Markt?“, fragte Henk, während sie im Slalom um Gruppen von wartenden Menschen herumliefen.

„Ja, sie fahren bestimmt zum Rathaus.“ Jaap lief neben ihm und stieß ihn in die Rippen. „Und du haust jetzt nicht mittendrin ab, okay?“

„Nein, bestimmt nicht, das versprech’ ich dir“, keuchte Henk. „Ich hab’ die letzten Nächte prima geschlafen, ich halte garantiert länger durch als du.“

„Das werden wir noch sehen!“

Die Straßen wurden immer voller, die Häuser waren mit Fahnen geschmückt, und überall standen jubelnde und singende Menschen.

Sie beschlossen, einen kleinen Umweg zu machen und die ruhigeren Straßen zu nehmen, damit sie schneller vorankamen. Sie liefen über eine Brücke und bogen in eine kleine Gasse ein.

Aus einer Seitenstraße kamen zwei Personen, eine Frau mit einem Jungen. Mit gesenktem Blick hetzten sie dicht nebeneinander her. Beide hatten einen Koffer unter dem Arm. Das war in den letzten Tagen ein vertrauter Anblick: fliehende NSB-ler, die zu entkommen versuchten, ehe sie festgenommen wurden.

Henk erschauerte und stieß seinen Freund an: „Das ist Gerrit."

Er wusste nicht einmal, ob er die Worte laut ausgesprochen oder nur in Gedanken gerufen hatte.

Jaap warf ihm einen fragenden Blick zu. „Dieser blöde Verräter?"

Sie sahen einander kurz an. Gerrit und seine Mutter liefen nur ein paar Meter vor ihnen her. Jetzt war die Gelegenheit gekommen, um ... ja, um *was* zu tun? Henk spürte, wie die Wut in ihm aufflammte. Dieser dreckige Moffenfreund, dachte er. Jetzt floh er, der Feigling.

Er würde ihn wissen lassen, dass er verloren hatte, dass er Partei für die Falschen ergriffen hatte!

Jaap deutete mit einem kurzen Kopfnicken Richtung Gerrit. Er hatte einen entschlossenen Zug um den Mund.

Sie beschleunigten ihr Tempo, um dicht zu Gerrit aufzuschließen. Sie konnten ihn aufscheuchen, ihm Angst machen und ihn aus der Stadt jagen oder ihn anzeigen, wie es inzwischen vielen Verrätern ergangen war. Nun waren die Rollen vertauscht, und sie hatten das Sagen.

Gerrits Mutter sah sich ängstlich um und zog ihren Sohn erschrocken am Arm, als sie Jaap und Henk sah. Sie wollte rechts abbiegen und in eine Gasse hineinflüchten, aber Jaap rannte an ihnen vorbei und baute sich vor ihnen auf. „Wovor flieht ihr denn?“, fragte er streng. Er stemmte die Hände in die Hüften. Gerrits Mutter schlang den Arm um ihren Sohn und drehte sich schnell um.

Dann sahen Henk und Gerrit einander direkt ins Gesicht, nur für einen kurzen Moment, aber Gerrit krümmte sich zusammen und wandte den Blick ab.

Henk blinzelte mit den Augen. Das war der Moment, um Rache zu nehmen, nun konnte er Gerrit alles heimzahlen, was der ihm angetan hatte. Aber er erschrak vor dem, was er sah. Er kannte den Jungen, der da vor ihm stand, denn er selbst war dieser Junge. In Gerrits Augen lag derselbe Blick von Schuld, von Scham und Verzweiflung, den er in den vergangenen Monaten im Spiegel gesehen hatte. Es nahm ihm den Atem. Sein Zorn löste sich auf wie Nebel im Sonnenlicht.

„Ich …“ Er hob die Hand, und Gerrit machte sich noch kleiner. Henk ergriff Gerrits Hand. „Du musst Gott um Vergebung bitten.“ Er konnte nicht glauben, was er sagte, die Worte kamen wie von selbst aus seinem Mund.

Gerrit sah nicht auf, und seine Mutter stieß Henk an. „Geh zur Seite und lass uns durch!“

Sie rannten weiter und Henk blickte ihnen verwirrt nach. Jaap trat neben ihn und legte ihm eine Hand auf die Schulter.

„Das war gerade … äh … ziemlich seltsam.“

Henk nickte. „Ich erklär’s dir irgendwann. Aber jetzt feiern wir unsere Befreiung und holen die Soldaten in die Stadt.“ Lachend rannte er los.

Es war großartig gewesen! Endlich waren die Befreier in die Stadt hineingefahren, ein breites Lächeln auf dem Gesicht, jubelnd begrüßt von der wartenden Menschenmenge. Sie hingen an Lieferwagen, saßen auf Panzern und winkten aus ihren Jeeps. Die Soldaten hatten Schokolade und Zigaretten ausgeteilt, Kinder auf ihre Fahrzeuge gehoben und sich von jungen Frauen Kusshände zuwerfen lassen.

Noch nie war Henk so glücklich gewesen – er hätte den ganzen Tag lachen, singen und tanzen können. In Jaaps Gesicht spiegelte sich dieselbe Freude, und sie hatten sich gemeinsam heiser geschrien.

Nun war die lange Parade vorbei, und sie trabten durch die Stadt, jeder mit einem Stück Schokolade im Mund.

„Sieh mal, wen haben wir denn da!", hörten sie eine vertraute Stimme hinter sich rufen.

„Tante Kees!", rief Jaap überrascht.

„Anna", flüsterte Henk. Sie sah wunderschön aus mit ihrem blauen Kleid, ihren roten Schuhen und dem orangenen Band im Haar. Sie lachte ihnen zu, und er spürte, wie seine Knie weich wurden. Schnell wischte er sich ein Schokoladenrestchen aus dem Mundwinkel.

„Henk!" Sie nahm ihn in die Arme, als ob nie etwas zwischen ihnen vorgefallen wäre, und er konnte nur schäfchenhaft lächeln.

„Hey, Jungs, ihr müsst unbedingt mitkommen und das Schaufenster vom Uhrengeschäft angucken", sagte Tante Kees. „Es ist wunderschön geworden."

Sie gingen hinter ihr her und blieben vor dem bekannten Haus in der *Barteljorisstraat* stehen.

Hinter der Schaufensterscheibe, wo früher Uhren, Wecker und Armbanduhren ausgestellt gewesen waren, stand nun das große Bild von Opa ten Boom. Davor lag die dicke Bibel, aus der Opa manchmal vorgelesen hatte. Henk erkannte sie sofort. Quer durch die Auslagen war ein orangefarbenes Band drapiert, und da und dort lagen Fotos von Betsie und der Familie. Es war ein liebevolles Arrangement zu Ehren der Menschen, die nun nicht mehr da waren und die Befreiung nicht mehr miterleben konnten. In den glänzenden Scheiben sah Henk das Spiegelbild von Tante Kees' vertrautem Gesicht. Ihr Blick war auf die alte Bibel gerichtet. Jaap legte ihr den Arm um die Schulter.

„Es gibt nichts, was uns von der Liebe Gottes scheiden kann." Tante Kees sagte es leise, aber fröhlich. „Auch nicht der Tod. Mit Jesus sind wir auf der Siegerseite."

Henk suchte nach Annas Hand und drückte sie kurz. Er fing im Fenster ihren Blick auf und sagte leise: „Ich muss dir noch was erzählen."

WIE ES WEITERGING

Tante Kees war 53 Jahre alt, als der Krieg vorbei war. Sie hatte ihren Vater und ihre Schwester verloren und ein Konzentrationslager überlebt. Aber sie betrachtete ihr Leben als Geschenk aus Gottes Hand und machte sich wieder an die Arbeit.

Ihre Schwester Betsie hatte ihr von den Träumen erzählt, die Gott ihr für die Zeit nach dem Krieg geschenkt hatte. Corrie wusste, dass sie den Auftrag hatte, das in die Tat umzusetzen, was Betsie ihr beschrieben hatte. Sie lernte in Haarlem eine Frau kennen, die ihr Haus für Menschen zur Verfügung stellte, die nach dem Krieg Ruhe und Erholung brauchten, um seelisch und körperlich wieder gesund zu werden. Dieses Haus sah genauso aus, wie Betsie es geträumt hatte.

Außerdem ging Corrie auf Reisen. Mit einem Frachtschiff und ein bisschen Geld fuhr sie nach Amerika, um dort ihre Geschichte zu erzählen.

Als sie wieder zu Hause war, gab Gott ihr den Auftrag, nach Deutschland zu gehen. Dort konnte sie ein ehemaliges Konzentrationslager mieten, das sie zu einem ansprechenden Aufenthaltsort umbaute, an dem Flüchtlinge zur Ruhe kommen konnten.

Corrie war weiterhin viel unterwegs, bis zu ihrem 85. Lebensjahr. Überall, wo sie hinkam, erzählte sie von ihrem Leben und wies darauf hin, wie wichtig es ist, dass wir unseren Feinden vergeben.

Nachdem sie eines Abends in Deutschland einen Vortrag gehalten hatte, kam ein Mann auf sie zu, den sie kannte. Es war ein Aufseher aus einem Konzentrationslager. Sie beschreibt diese Begegnung folgendermaßen:

Plötzlich war das alles wieder lebendig – der Raum voll spottender Männer, die Kleiderhaufen, Betsies vom Schmerz gezeichnetes Gesicht.

Als die Kirche sich leerte, kam er strahlend und sich verbeugend auf mich zu. „Wie dankbar bin ich Ihnen für Ihre Botschaft, Fräulein", sagte er. „Mir vorzustellen, dass er, wie Sie sagen, meine Sünden abgewaschen hat!"

Er streckte die Hand aus, um meine zu schütteln, aber ich, die ich in Bloemendaal den Menschen so oft gepredigt hatte, dass sie vergeben müssten, ließ meine Hand herunterhängen.

Selbst als die bitteren Rachegedanken in mir kochten, erkannte ich, dass das Sünde war. Jesus Christus war für diesen Mann gestorben. Wollte ich mehr verlangen? „Herr Jesus", betete ich, „vergib mir und hilf mir, ihm zu vergeben."

Ich versuchte zu lächeln, bemühte mich krampfhaft, meine Hand zu heben. Ich konnte es nicht. Ich fühlte nichts, nicht den kleinsten Funken Wärme oder Erbarmen. Und so hauchte ich wieder ein stummes Gebet. „Jesus, ich kann ihm nicht vergeben. Schenke mir deine Vergebung.“

Und als ich seine Hand nahm, geschah etwas ganz Unglaubliches. Von meiner Schulter herunter, an meinem Arm entlang und durch meine Hand schien ein Strom von mir auf ihn überzugehen, während in meinem Herzen eine Liebe zu diesem Fremden aufloderte, die mich fast überwältigte.

Und so entdeckte ich, dass die Heilung der Welt weder von unserer Vergebung noch von unserer Güte abhängt, sondern allein von seiner. Wenn er uns sagt, dass wir unsere Feinde lieben sollen, dann schenkt er uns mit dem Gebot die Liebe selbst.[11]

Im Jahr 1959 ging Corrie noch einmal in das Konzentrationslager Ravensbrück zurück. Dort fand sie heraus, dass ihre damalige Freilassung ein Fehler der Lagerverwaltung gewesen war. Aber sie wusste: Im Himmel gibt es keine Verwechslungen. Gottes Pläne sind vollkommen.

Corrie ten Boom starb im Jahr 1983 an ihrem 91. Geburtstag.

---

11 Abdruck mit freundlicher Genehmigung aus: Corrie ten Boom, Die Zuflucht © 2010 SCM-Verlag GmbH & Co. KG, D-71088 Holzgerlingen.

MÖCHTEST DU MEHR WISSEN?

Man kann das Beje in Haarlem immer noch besuchen. Das Haus dient nun als Museum für Corrie ten Boom. Es ist ungefähr so eingerichtet wie im Zweiten Weltkrieg. Auch Tante Kees' Schlafzimmer mit dem dahinter liegenden Versteck sind bis heute vorhanden. Die genaue Adresse ist:

Corrie ten Boomhuis
Barteljorisstraat 19
2011 RA Haarlem
Niederlande

Telefon: +31-(0)23-5310823
Website: www.corrietenboom.com

Über Corries Leben sind viele Bücher geschrieben worden. Das bekannteste ist:

Die Zuflucht. Corrie ten Boom erzählt aus ihrem Leben 1892-1945, SCM Hänssler Verlag, 2015.

Außerdem ist im Handel folgende DVD erhältlich:

Die Zuflucht – Spielfilm: Die wahre Geschichte einer Familie, die mit der einzigen Waffe gegen den Wahnsinn der Nazis kämpfte, die sie hatte: Liebe.

DVD-ROM – Widescreen, September 2007; Brunnen Verlag, 8. Auflage.

WORTERKLÄRUNGEN

Appell:	Antreten der Gefangenen im Freien, oft sehr früh morgens. So wurde kontrolliert, ob alle anwesend waren.
Arisch:	Hitler zufolge die edelste „Menschenrasse“. Arier waren blond und blauäugig und grundsätzlich keine Juden.
Arbeitseinsatz:	Niederländische Männer konnten dazu verpflichtet werden, in Deutschland Zwangsarbeit zu leisten. Männer und Jungen, die das nicht wollten, tauchten oft unter.
Gestapo:	Die „geheime Staatspolizei“ der Deutschen, die auch die Razzien durchführte.
Jeugdstorm:	Eine Jugendbewegung während des Zweiten Weltkriegs, zu der vor allem Kinder gehörten, deren Eltern mit den deutschen Besatzern sympathisierten.
NSB:	„Nationaal Socialistische Beweging“: während des Zweiten Weltkriegs eine politische Partei in den Niederlanden, die mit den Deutschen zusammenarbeitete.

Razzia: Eine unangekündigte, überfallartige polizeiliche Durchsuchung. Mehrzahl: Razzien.

SD: „Sicherheitsdienst“. Der SD machte in etwa dasselbe wie die Gestapo: Menschen beobachten und Razzien durchführen.

Sperrstunde: Die Deutschen setzten eine Uhrzeit fest, ab der man sich nicht mehr im Freien aufhalten durfte.

Stammkarte: Immer mehr Lebensmittel waren nur noch mit Lebensmittelmarken erhältlich. Diese Marken klebten auf Lebensmittelkarten. Um solche Lebensmittelkarten zu erhalten, brauchte man eine Stammkarte.

Tommies: So wurden die britischen Soldaten genannt, die die Niederlande befreiten.

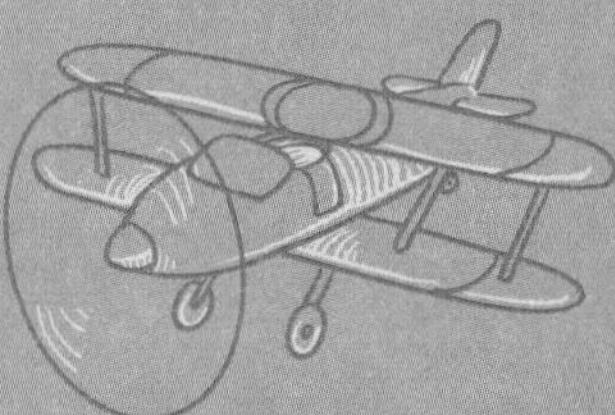